DON QUIJOTE DE LA MANCHA

EL INGENIOSO HIDALGO
DON QUIJOTE
DE LA MANCHA

COMPUESTO POR

MIGUEL DE CERVANTES SAAVEDRA

SEGUNDA EDICION

EDICIONES «FAX»
ZURBANO, 80
MADRID

ADVERTENCIA.—La introducción, las notas y los índices de esta edición se han tomado de la expurgada que el R. P. Rufo Mendizábal, S. I., hizo en Madrid (1945), quien ha tenido la amabilidad de revisarlas y ampliarlas para esta edición completa.

Impreso en España 1953

Nihil obstat:
DR. ANDRES DE LUCAS
Cens. Eccles.

Imprimatur:
† José María
Obispo Auxiliar y Vic. Gen.
Madrid, 7 de febrero de 1953.

Sucesores de Rivadeneyra, S. A.—Paseo de Onésimo Redondo, 26.—MADRID

INTRODUCCION

I.—BIOGRAFIA DE CERVANTES

Nacimiento.—El 9 de octubre de 1547, en la parroquia de Santa María la Mayor, de Alcalá de Henares, fué bautizado Miguel, el cuarto de los siete hijos que Rodrigo de Cervantes y Leonor de Cortinas tuvieron. No supo Rodrigo conservar la posición social a que el licenciado D. Juan, su padre, había llegado ejerciendo la profesión de letrado y jurista. Médico cirujano, o como hoy diríamos, practicante, y cargado de hijos, vivió Rodrigo en Alcalá, hasta que, a mediados de siglo, se trasladó con toda su familia a la corte de Valladolid; aquí presenció Miguel, niño aún de cinco años, el embargo de los bienes domésticos y la prisión de su padre por deudas.

Estudios.—No sabemos si de Valladolid pasó Rodrigo a Córdoba, donde vivía su padre († 1556); lo cierto es que en 1561 aparece en Madrid, adonde Felipe II había trasladado su corte y donde Miguel oiría las lecciones de gramática que el licenciado Jerónimo Ramírez daba en el Estudio de la villa; en 1564 le tenemos en Sevilla, y a Miguel acompañando a los dos niños de un rico comerciante y asistiendo él mismo a las aulas de los jesuítas, a quienes había de inmortalizar en el *Coloquio de los perros;* y en 1566 reaparece en Madrid junto con su Miguel, que en el Estudio regentado por López de Hoyos merece el dictado de *caro y amado discípulo* y escribe los primeros versos que de él poseemos.

Carrera militar.—Consta que en 1569 estaba en Roma, que sirvió de camarero al futuro cardenal Aquaviva, y que poco después sentó plaza de soldado en la compañía del capitán Diego de Urbina (perteneciente al tercio de Miguel de Moncada), la cual, embarcada en la galera *Marquesa,* había de pelear en Lepanto (7 octubre 1571). Cervantes, calenturiento, no quiso permanecer bajo cubierta y pidió con insistencia a su capitán *que le pusiese en la parte e lugar que fuese más peligrosa, e que allí estaría e moriría peleando. En la más alta ocasión que vieron los siglos pasados, los presentes, ni esperan ver los venideros* fué herido en el pecho y en la mano izquierda, que si bien no le fué amputada, no pudo gobernarla jamás. Cuando a la mañana siguiente D. Juan de Austria visitó a sus soldados, oídas las hazañas de Miguel, luego le aventajó con tres escudos mensuales sobre la paga ordinaria. Curado en Mesina de sus heridas pasó a la compañía de Manuel Ponce de León, del tercio de Lope de Figueroa. Tomó parte en la expedición a Navarino (1572) y la Goleta (1573); pero en lo sucesivo llevó vida de guarnición en Cerdeña, Lombardía y Nápoles.

APRESAMIENTO.—De aquí volvía a España con su hermano Rodrigo, provisto de expresivas cartas de recomendación de D. Juan de Austria y del duque de Sesa, virrey de Nápoles, para gestionar en la corte el ascenso a capitán, cuando la galera *Sol*, en que venía, se vió atacada (20 sept. 1575) a la vista de Las Tres Marías (junto a las bocas del Ródano) por tres galeras turcas de la escuadra del renegado Arnaúte Mamí. Apresado y conducido a Argel, tocóle ser esclavo del renegado griego Dali Mamí, quien al ver las cartas comendaticias de D. Juan de Austria le tuvo por personaje de cuenta.

CAUTIVERIO.—Cuatro veces intentó evadirse. La primera, se fugó con otros compañeros hacia Orán guiado por un moro, que le abandonó en la primera jornada, y así tuvo que volver a Argel.

La segunda, reunió a unos catorce o quince compañeros en una cueva oculta, y a su hermano Rodrigo, rescatado por el dinero que llegó de España, envió con encargo de que aprestase una fragata; en efecto, vino ésta, y dos veces intentó aproximarse, pero a la segunda fué apresada: al ser descubiertos los de la cueva por la traición de un renegado (el Dorador), Cervantes, generosamente, se echó a sí la culpa, y fué llevado ante el cruelísimo bey de Argel, Azán Bajá, que, aunque nada pudo sacarle con sus interrogatorios, le echó a su baño o presidio, pagando por él a su antiguo amo 500 escudos.

La tercera, despachó a un moro fiel con cartas para el general de Orán, D. Martín de Córdoba, a fin de recabar de él algunos guías para Orán; mas cogido el moro y leídas las cartas que llevaba, murió empalado por orden de Azán Bajá, y

Cervantes fué condenado a dos mil palos, de que se salvó por la intercesión de sus amigos.

La cuarta, finalmente, compró por medio de un renegado una fragata para más de sesenta compañeros, y ya lo tenía todo dispuesto, cuando uno de éstos, el Dr. Juan Blanco de Paz, los delató a Azán Bajá, quien recompensó al delator con *¡un escudo y una jarra de manteca!*; con su serenidad y entereza salvó de nuevo Miguel a sus compañeros; pero fué trasladado del antiguo baño a la cárcel de los moros, cargado de cadenas y rigurosamente tratado.

RESCATE.—En 1580 los trinitarios Antonio de la Bella y Juan Gil llegaron a Argel; los 300 escudos que traían de la familia de Cervantes no bastaban para el rescate. Entretanto iban redimiéndose otros cautivos; cuando he aquí que embarcan a Cervantes en una de las cuatro galeras en que Azán Bajá, terminado su gobierno, va a regresar a Constantinopla. Haciendo fray Juan un esfuerzo supremo logra completar la suma exigida de 500 escudos y el 19 de septiembre de 1580 queda rescatado Cervantes, que después de cinco años de cautiverio saldrá para España el 24 de octubre. A los seis meses volverá de nuevo a Orán con una comisión secreta, pero con ella terminará su carrera militar; desengañado, sin duda, por lo que pudo observar en la corte, a la cual fué siguiendo Cervantes hasta Portugal, y con la cual volvió desde Lisboa en 1583 sin lograr su anhelado ascenso.

VIDA LITERARIA.—A fin de allegar recursos emprendió la vida literaria, y entre 1583 y 1587 vemos que vende (1584) a su paisano Blas de Robles el privilegio de su primera novela *La Galatea*, publicada en 1585; que se casa (1584) con Catalina de Salazar y Palacios, diecinueve años más joven que Miguel, manchega y natural de Esquivias (Toledo), donde se avecindó Cervantes, aunque comúnmente siguió viviendo en Madrid; y que alterna con varios actores y literatos, y compone más de veinte comedias.

COMISARIAS.—*Sevilla.* Tal vez por no serle esta vida muy lucrativa, fué tentando la de agente o comisionista, que le llevó a Sevilla, primero para corta temporada, y luego definitivamente, desde que en 1587 obtuvo el cargo de comisario a las órdenes del proveedor de la Armada Invencible, cargo de poca significación social, escasa retribución, muchos gastos y frecuentes sinsabores, pues le obligaba a andar por los pueblos exigiendo tributos y alcabalas. En esta función tan poco grata fué dos veces excomulgado por haberse incautado de algunos bienes de propiedad eclesiástica.

Mientras se le revisaban las cuentas de su comisión, pobre y sin arrimo, pretende (1590), sin resultado, un oficio en las Indias; entra a las órdenes del proveedor Isunza, y con motivo de esta nueva comisaría sufre en Castro del Río (1592) su primer encarcelamiento: obtiene en Madrid (1594) la comisión de cobrar ciertos tributos en el reino de Granada, la cual dió ocasión a dos encarcelamiento (1597 y 1602) en la Cárcel Real de Sevilla, donde se engendró y en parte se escribió el inmortal *Quijote*.

VALLADOLID.—*El Quijote*. En 1603, según parece, pasó Cervantes de Sevilla a Valladolid, residencia de la corte; en 1604 (26 sept.) obtuvo el privilegio para la publicación del *Quijote*, y lo vendió luego a Francisco de Robles, librero de Su Majestad e hijo de Blas de Robles, el editor de *La Galatea*, Oficialmente no salió la obra a la luz pública hasta principios de 1605, impresa en Madrid por Juan de la Cuesta; pero ya en 1604, mucho antes de su publicación, fué conocida de no pocos.

Sabemos que en 1605 Cervantes, en compañía de sus hermanas Magdalena y Andrea (su mujer debió de seguir residiendo en Esquivias, y tal vez no convivió con él hasta el año siguiente), de Isabel de Saavedra (que tenía entonces veintiún años, y era hija natural suya, habida de Ana Franca o Francisca de Rojas) y de Constanza de Ovando, hija de Andrea, vivía en una casa nueva de la calle del Rastro, cerca del Esgueva, en las afueras de Valladolid, y que mientras Cervantes mejoraba algo su situación económica y se daba a conocer como autor de aquella novela que tanto se iba divulgando y tanto hacía reír a las gentes, el alcalde Cristóbal de Villarroel le encarceló injustamente con motivo de las cuchilladas mortales que junto a esta casa dieron al caballero navarro D. Gaspar de Ezpeleta (27 jun. 1605).

MADRID.—Trasladada la corte a Madrid en 1606, Cervantes, con su familia, fué en pos de ella y se estableció en la calle de la Magdalena, bien que para poco tiempo, pues ya por apuros económicos, ya por otras razones, más de cinco veces cambió de vivienda en los pocos años que le restaban de vida. Casóse su hija Isabel, primero con Diego Sanz del Aguila, que dió una nietecita a Cervantes, y luego (1608) con Luis de Molina, que no se mostró muy cariñoso con su suegro. Muerta su generosa hermana Andrea (1609), trató (1610) de acompañar al conde de Lemos al virreinato de Nápoles; pero su secretario Lupercio Leonardo de Argensola, abrumado con mil peticiones y recomendaciones, no supo reconocer el mérito de Cervantes, a quien dejó fallido en sus esperanzas junto con otros poetas como Góngora y Cristóbal de Mesa. Al año siguiente (1611), con la muerte de su hermana Magdalena, se quedó solo con su esposa y su sobrina.

APOGEO LITERARIO.—Llegaba a su ocaso la vida de Cervantes, e iba a comenzar su época de mayor actividad literaria. En 1613 firmaba la dedicatoria de sus *Novelas ejemplares,* y ya para esta fecha había aparecido el *Viaje del Parnaso;* en 1615 sacaba a luz sus *Ocho comedias y ocho entremeses;* poco después, a mediados de noviembre, estimulado por el *Quijote* del indescifrado Avellaneda (1614), nos daba a conocer lo más culminante de su genio, la *Segunda parte del Quijote,* y el 19 de abril de 1616, ya oleado, escribía la dedicatoria de *Los Trabajos de Persiles y Segismunda,* que no se publicaron hasta pasado un año, y prometía *Las semanas del jardín, El famoso Bernardo* y el fin de *La Galatea,* cuyos manuscritos se han perdido.

MUERTE.—En la calle del León, en casa, según parece, del clérigo Martínez Marcilla, a la edad de sesenta y ocho años y siete meses (23 abr. 1616), aquejado de una maligna hidropesía, moría muy pobre, pero cristianamente, el más esclarecido genio de nuestra literatura; su cadáver, con el rostro descubierto y vestido con el hábito de la Venerable Orden Tercera, en la que había profesado hacía veintiún días (como en 1609 lo había hecho en la reciente *Congregación de indignos esclavos del Santísimo Sacramento*), fué trasladado en hombros por sus hermanos de profesión al convento de las Trinitarias Descalzas de la calle de Cantarranas (hoy de Lope de Vega), donde reposan sus restos, así como los de su esposa, confundidos con los de otros mortales.

RETRATO.—La Real Academia Española conserva, según todas las trazas, el retrato original de Cervantes que Juan de Jáuregui pintó en 1600, y que se armoniza muy bien con el que él mismo nos dejó estampado en el prólogo de las *Novelas ejemplares*: «Este que veis aquí de rostro aguileño, de cabello castaño, frente lisa y desembarazada, de alegres ojos y de nariz corva, aunque bien proporcionada, las barbas de plata que no ha veinte años que fueron de oro; los bigotes grandes, la boca pequeña, los dientes no crecidos, porque no tiene sino seis y esos mal acondicionados y peor puestos, porque no tienen correspondencia los unos con los otros; el cuerpo entre dos estremos, ni grande ni pequeño; la color viva, antes blanca que morena, algo cargado de espaldas, y no muy ligero de pies: éste digo que es el rostro del autor de *La Galatea* y de *Don Quijote de la Mancha* y del que hizo el *Viaje del Parnaso*... y otras obras que andan por ahí descarriadas, y quizá sin el nombre de su dueño: llámase comúnmente Miguel de Cervantes Saavedra.»

II.—EL QUIJOTE

DIFUSIÓN.—Ningún otro literato nacional o extranjero de aquel tiempo logró ver su obra tan propagada en tan pocos años. Su difusión comenzó antes de publicarse oficialmente, como lo demuestran las frases despectivas de Lope de Vega y los versos de cabo roto de *La Pícara Justina*. En el primer año de su aparición se agotaron seis ediciones (las dos primeras de Madrid, Lisboa y Valencia), no sólo en Europa, sino en el Nuevo Mundo, adonde fueron a parar en 1605 unos 1.500 ejemplares, según cálculos fundados de R. Marín; fué traducido al inglés y francés antes de que se publicase la segunda parte, y hasta 1617, además de aquellas seis, aparecieron diez ediciones más del *Quijote* (cinco de la 1.ª parte: en Bruselas, 1607, 1611, 1617; Madrid, 1608 y Milán, 1610; cuatro de la 2.ª parte: en Madrid, 1615; Bruselas y Valencia, 1616; Lisboa, 1617, y una de ambas partes en Barcelona, 1617). En época posterior las ediciones y traducciones a la mayor parte de las lenguas se han ido sucediendo continuamente.

VALOR.—No tardaron en pasar al lenguaje corriente muchas frases convertidas en proverbios, y aun nombres de la inmortal novela; sus figuras y lances se trasladaron luego innumerables veces a las fiestas populares, cabalgatas y representaciones teatrales en España y sus vastos dominios. Pero fuerza es reconocer que la sociedad del siglo XVII no supo o no pudo valorar tan portentosa obra; aquella enorme difusión del *Quijote*, más que nada se debía a la risa que producía en sus lectores. Más aún: no sería aventurado afirmar que Cervantes se excedió a sí mismo y no tuvo conciencia plena de lo que había ejecutado.

El pseudoclasicismo del siglo XVIII tuvo el *Quijote* por una obra buena, porque se ajustaba bien a las reglas de la epopeya;

es curioso, por ejemplo, el análisis que Vicente de los Ríos hizo de esta obra comparándola con la *Ilíada* y con las reglas de la *Poética* de Aristóteles.

Quien levantó para siempre el *Quijote* a la altura de las pocas creaciones universales del espíritu humano fué el romanticismo inglés y alemán.

Uno de los críticos que mejor han sabido apreciar y describir la cultura literaria y la razón de la estima de que hoy disfruta esta novela es el certero y profundo crítico montañés D. Marcelino Menéndez y Pelayo, quien, en la solemne fiesta académica organizada por la Universidad Central para conmemorar la publicación del *Quijote*, levantó a Cervantes el monumento más insigne, la estatua más acabada y expresiva. De su incomparable discurso, que todo cervantista debe leer y releer agradecido, no se ha podido menos de entresacar los siguientes fragmentos en que se aquilatan el clasicismo de Cervantes, el mérito de su prosa y la concepción y desarrollo progresivo de su obra genial.

....

«El espíritu de la antigüedad había penetrado en lo más hondo de su alma, y se manifiesta en él, no por la importuna profusión de citas y reminiscencias clásicas, de que con tanto donaire se burló en su prólogo, sino por otro género de influencia más honda y eficaz: por lo claro y armónico de la composición; por el buen gusto que rara vez falla, aun en los pasos más difíciles y escabrosos; por cierta pureza estética que sobrenada en la descripción de lo más abyecto y trivial; por cierta grave, consoladora y optimista filosofía que suele encontrarse con sospresa en sus narraciones de apariencia más liviana; por un buen humor reflexivo y sereno, que parece la suprema ironía de quien había andado mucho mundo y sufrido muchos descalabros en la vida, sin que ni los duros trances de la guerra, ni los hierros del cautiverio, ni los empeños, todavía más duros para el alma generosa, de la lucha cotidiana y estéril con la adversa y apocada fortuna, llegasen a empañar la olímpica serenidad de su alma, no sabemos si regocijada o resignada. Esta humana y aristocrática manera de espíritu que tuvieron todos los grandes hombres del Renacimiento, pero que en algunos anduvo mezclada con graves aberraciones morales, encontró su más perfecta y depurada expresión en Miguel de Cervantes, y por eso principalmente fué humanista más que si hubiese sabido de coro toda la antigüedad griega y latina.»

«No basta fijarse en distracciones o descuidos, de que nadie está exento, para oponerse al común parecer que da a Cervantes el principado entre los prosistas de nuestra lengua, no por cierto en todos géneros y materias, sino en la amplia materia novelesca, única que cultivó. La prosa histórica, la elocuencia ascética tienen sus modelos propios, y de ellos no se trata aquí. El campo de Cervantes fué la narración de casos fabulosos, la pintura de la vida humana, seria o jocosa, risueña o melancólica, altamente ideal o donosamente grotesca, el mundo de la pasión, el mundo de lo cómico y de la risa. Cuando razona, cuando diserta, cuando declama, ya sobre la edad de oro, ya sobre las armas y las letras, ya sobre la poesía y el teatro, es un escritor elegante, ameno, gallardísimo, pero ni sus ideas traspasan los límites del saber común de sus contemporáneos, ni la elocución en estos trozos que pudiéramos llamar triunfales (y que son por ende los que más se repiten en las crestomatías) tiene nada de peculiarmente cervantesco. Cosas hay allí que lo mismo pudieran estar dichas por Cervantes que por fray Antonio de Guevara o por el maestro Pérez de Oliva. Es el estilo general de los buenos prosistas del siglo XVI, con más brío, con más arranque, con una elegancia más sostenida.

»Otros trozos del *Quijote*, retóricos y afectados de propósito, o chistosamente arcaicos, se han celebrado hasta lo sumo, por ignorarse que eran parodias del lenguaje culto y altisonante de los libros de caballerías, y todavía hay quien en serio los imita, creyendo poner una pica en Flandes. A tal extremo ha llegado el desconocimiento de las verdaderas cualidades del estilo de la fábula inmortal, que son las más inasequibles a toda imitación por lo mismo que son las que están en la corriente general de la obra, las que no hieren ni deslumbran en tal o cual pasaje, sino que se revelan de continuo por el inefable bienestar que cada lectura deja en el alma, como plática sabrosa que se renueva siempre con delicia, como fiesta del espíritu cuyas antorchas no se apagan jamás.

»Donde Cervantes aparece incomparable y único es en la narración y en el diálogo... Aquel tipo de prosa que se había mostrado con la intemperancia y lozanía de la juventud en las páginas del *Corbacho;* que el genio clásico de Rojas había descargado de su exuberante y viciosa frondosidad; que el instinto dramático de Lope de Rueda había transportado a las tablas, haciéndola más rápida, animada y ligera, explica la prosa de los entremeses y de parte de las novelas de Cervantes; la del *Quijote* no la explica más que en lo secundario, porque tiene en su profunda espontaneidad, en su avasalladora e imprevista hermosura, en su abundancia patriarcal y sonora, en su fuerza cómica irresistible, un sello inmortal y divino. Han dado algunos en la flor de decir con peregrina frase que Cervantes no fué *estilista;* sin duda los que tal dicen confunden el estilo con el amaneramiento. No tiene Cervantes una manera violenta y afectada, como la tienen Quevedo o Baltasar Gracián, grandes escritores por otra parte. Su estilo arranca, no del capricho individual, no de la excéntrica y errabunda imaginación, no de la sutil agudeza, sino de las entrañas mismas de la realidad que habla por su boca. El prestigio de la creación es tal que anula al creador mismo, o más bien le confunde con su obra, le identifica con ella, mata toda vanidad personal en el narrador, le hace sublime por la ingenua humildad con que se somete a su asunto, le otorga en plena edad crítica algunos de los dones de los poetas primitivos, la objetividad serena, y al mismo tiempo el entrañable amor a sus héroes, vistos, no como figuras literarias, sino como sombras familiares que dictan al poeta el caudal de su canto. Dígase, si se quiere, que ese estilo no es el de Cervantes, sino el de don Quijote, el de Sancho, el del bachiller Sansón Carrasco, el del Caballero del Verde Gabán, el de Dorotea y Altisidora, el de todo el coro poético que circunda al grupo inmortal. Entre la naturaleza y Cervantes, ¿quién ha imitado a quién?, se podrá preguntar eternamente.»

....

«La obra de Cervantes, como he dicho en otra parte, no fué de antítesis, ni de seca y prosaica negación, sino de purificación y complemento. No vino a matar un ideal, sino a transfigurarle y enaltecerle. Cuanto había de poético, noble y hermoso en la caballería, se incorporó en la obra nueva con más alto sentido. Lo que había de quimérico, inmoral y falso, no precisamente en el ideal caballeresco, sino en las degeneraciones de él, se disipó como por encanto ante la clásica serenidad y la benévola ironía del más sano y equilibrado de los ingenios del Renacimiento. Fué de este modo, el *Quijote*, el último de los libros de caballerías, el definitivo y perfecto, el que concentró en un foco luminoso la materia poética difusa, a la vez que, elevando los casos de la vida familiar a la dignidad de la epopeya, dió el primero y no superado modelo de la novela realista moderna.

»Los medios que empleó Cervantes para realizar esta obra maestra del ingenio humano fueron de admirable y sublime sencillez. El motivo ocasional, el punto de partida de la concepción primera, pudo ser una anécdota corriente. La afición a los libros de caballerías se había manifestado en algunos lectores con verdaderos rasgos de alucinación, y aun de locura. D. Francisco de Portugal, en su *Arte de galantería*, nos habla de un caballero de su nación que encontró llorando a su mujer, hijos y criados; sobresaltóse y preguntóles muy congojado si algún hijo o deudo se les había muerto; respondieron ahogados en lágrimas que no; replicóles más confuso: «Pues ¿por qué lloráis?»; dijéronle: «Señor: *hase muerto Amadís*.» Melchor Cano, en el libro XI, capítulo VI de sus *Lugares teológicos*, refiere haber conocido a un sacerdote que tenía por verdaderas las historias de Amadís y don Clarián, alegando la misma razón que el ventero del *Quijote*; es, a saber: que cómo podían decir mentira unos libros impresos con aprobación de los superiores y con privilegio real. El sevillano Alonso de Fuentes, en la *Summa de philosiphia natural* (1547), traza la semblanza de un *doliente*, precursor del hidalgo manchego, que se sabía de memoria todo el *Palmerín de Oliva* y «no se hallaba sin él aunque lo sabía de coro». En cierto cartapacio de don Gaspar Garcerán de Pinós, conde de Guimerán, fechado en 1600, se cuenta de un estudiante de Salamanca que, «en lugar de leer sus liciones, leía en un libro de caballerías, y como hallase en él que uno de aquellos famosos caballeros estaba en aprieto por unos villanos, levantóse de donde estaba, y empuñando un montante, comenzó a jugarlo por el aposento y esgrimir en el aire, y como lo sintiesen sus compañeros, acudieron a saber lo que era, y él respondió: —Déjenme vuestras mercedes, que leía esto y esto, y diciendo a este caballero. ¡Qué lástima! ¡Cuál le traían estos villanos!»

»Si en estos casos de alucinación puede verse el germen de la locura de don Quijote, mientras no pasó de los límites del ensueño, ni se mostró fuera de la vida sedentaria, con ellos pudo combinarse otro caso de locura activa y furiosa que don Luis Zapata cuenta en su *Miscelánea* como acaecido en su tiempo, es decir, antes de 1599, en que pasó de esta vida. Un caballero muy manso, muy cuerdo y muy honrado, sale furioso de la corte sin ninguna causa, y comienza a hacer las locuras de Orlando: «arroja por ahí sus vestidos, queda en cueros, mató a un asno a cuchilladas, y andaba con un bastón tras los labradores a palos».

»Todos estos hechos, o algunos de ellos, combinados con el recuerdo literario de la locura de Orlando, que don Quijote se propuso imitar juntamente con la penitencia de Amadís en Sierra Morena, pudieron ser la chispa que encendió esta inmortal hoguera.

»El desarrollo de la fábula primitiva estaba en algún modo determinado por la parodia continua y directa de los libros de caballerías, de la cual poco a poco se fué emancipando Cervantes a medida que penetraba más y más en su espíritu la esencia poética indestructible que esos libros contenían, y que lograba albergarse, por fin, en un templo digno de ella. El héroe, que en los primeros capítulos no es más que un monomaníaco, va desplegando poco a poco su riquísimo contenido moral, se manifiesta por sucesivas revelaciones, pierde cada vez más su carácter paródico, se va purificando de las escorias del delirio, se pule y ennoblece gradualmente, domina y transforma todo lo que le rodea, triunfa de sus inicuos o frívolos burladores, y adquiere la plenitud de su vida estética en la segunda parte. Entonces no causa lástima, sino veneración; la sabiduría fluye en sus palabras de oro; se le contempla a un tiempo con respeto y con risa, como héroe verdadero y como parodia del heroísmo, y, según la feliz expresión del poeta inglés Wordsworth, la razón anida en el recóndito y majestuoso albergue de su locura. Su mente es un mundo ideal donde se reflejan engrandecidas, las más luninosas quimeras del ciclo poético, que, al ponerse en violento contacto con el mundo histórico, pierden lo que tenían de falso y peligroso, y se resuelven en la superior categoría del humorismo sin hiel, merced a la influencia benéfica y purificadora de la risa. Así como la crítica de los libros de caballerías fué ocasión o motivo, de ningún modo causa formal ni eficiente, para la creación de la fábula del *Quijote*, así el protagonista mismo comenzó por ser una parodia benévola de *Amadís de Gaula*, pero muy pronto se alzó sobre tal representación. En don Quijote revive Amadís, pero destruyéndose a sí mismo en lo que tiene de convencional, afirmándose en lo que tiene de eterno. Queda incólume la alta idea que pone el brazo armado al servicio del orden moral y de la justicia, pero desaparece su envoltura transitoria, desgarrada en mil pedazos por el áspero contacto de la realidad, siempre imperfecta, limitada siempre, pero menos imperfecta, menos limitada, menos ruda en el Renacimiento que en la Edad Media. Nacido en una época crítica, entre un mundo que se derrumba y otro que, con desordenados movimientos, comienza a dar señales de vida, don Quijote oscila entre la razón y la locura por un perpetuo tránsito de lo ideal a lo real; pero, si bien se mira, su locura es una mera alucinación respecto del mundo exterior, una falsa combinación e interpretación de datos verdaderos. En el fondo de su mente inmaculada continúan resplandeciendo con inextinguible fulgor las puras, inmóviles y bienaventuradas ideas de que hablaba Platón.

«No fué de los menores aciertos de Cervantes haber dejado indecisas las fronteras entre la razón y la locura y dar las mejores lecciones de sabiduría por boca de un alucinado. No entendía con esto burlarse de la inteligencia humana, ni menos escarnecer el heroísmo, que en el *Quijote* nunca resulta ridículo, sino por la manera inadecuada e inarmónica con que el protagonista quiere realizar su ideal bueno en sí, óptimo y saludable. Lo que desquicia a don Quijote no es el idealismo, sino el individualismo anárquico. Un falso concepto de la actividad es lo que le perturba y enloquece, lo que le pone en lucha temeraria con el mundo y hace estéril toda su virtud y su esfuerzo. En el conflicto de la libertad con la necesidad, don Quijote sucumbe por falta de adaptación al medio; pero su derrota no es más que aparente, porque su aspiración generosa permanece íntegra, y se verá cumplida en un mundo mejor, como lo anuncia su muerte tan cuerda y tan cristiana.

»Si éste es un símbolo, y en cierto modo no puede negarse que para nosotros lo sea y que en él estribe una gran parte del interés humano y profundo del *Quijote*, para su autor no fué tal símbolo, sino criatura viva, llena de belleza espiritual, hijo predilecto de su fantasía romántica y poética, que se complace en él y le adora con las más excelsas cualidades del ser humano. Cervantes no compuso o elaboró a don Quijote por el procedimiento frío y mecánico de la alegoría, sino que le *vió* con la súbita iluminación del genio, siguió sus pasos atraído y hechizado por él, y llegó al símbolo sin buscarle, agotando el riquísimo contenido psicológico que en su héroe había. Cervantes contempló y amó la belleza, y todo lo demás le fué dado por añadidura. De este modo, una risueña y amena fábula que había comenzado por ser parodia literaria, y no de todo el género caballeresco, sino de una particular forma de él, y que luego, por necesidad lógica, fué sátira del ideal histórico que en esos libros se manifestaba, prosiguió desarrollándose en una serie de antítesis, tan bellas como inesperadas, y no sólo llegó a ser la representación total y armónica de la vida nacional en su momento de apogeo e inminente decadencia, sino la epopeya cómica del género humano, el breviario eterno de la risa y de la sensatez.

»Cervantes se levanta sobre todos los parodiadores de la caballería, porque Cervantes la amaba y ellos no. El Ariosto mismo era un poeta honda y sinceramente pagano, que se burla de la misma tela que está urdiendo, que permanece fuera de su obra, que no comparte los sentimientos de sus personajes ni llega a hacerse íntimo con ellos ni mucho menos a inmolar la ironía en su obsequio. Y esta ironía es subjetiva y puramente artística, es el ligero solaz de una fantasía risueña y sensual. No brota espontáneamente del contraste humano, como brota la honrada, serena y objetiva ironía de Cervantes.

»Con don Quijote comparte los reinos de la inmortalidad su escudero, fisonomía tan compleja como la suya en medio de su simplicidad aparente y engañosa. Puerilidad insigne sería creer que Cervantes la concibió de una vez como un nuevo símbolo para oponer lo real a lo ideal, el buen sentido prosaico a la exaltación romántica. El tipo de Sancho pasó por una elaboración no menos larga que la de don Quijote; acaso no entraba en el primitivo plan de la obra, puesto que no aparece hasta la segunda salida del héroe; fué indudablemente sugerido por la misma parodia de los libros de caballerías en que nunca faltaba un escudero al lado del paladín andante. Pero estos escuderos, como el *Gandalín* del *Amadís*, por ejemplo, no eran personajes cómicos, ni representaban ningún género de antítesis. Uno solo hay, perdido y olvidado en un libro rarísimo, y acaso el más antiguo de los de su clase, que no estaba en la librería de don Quijote, pero que me parece imposible que Cervantes no conociera; acaso le habría leído en su juventud y no recordaría ni aun el título, que dice a la letra: *Historia del caballero de Dios que había por nombre Cifar, el cual por sus virtuosas obras et hazañosos hechos fué Rey de Mentón*. En esta novela, compuesta en los primeros años del siglo XIV, aparece un tipo muy original, cuya filosofía práctica, expresada en continuas sentencias, no es la de los libros, sino la proverbial o *paremiológica* de nuestro pueblo. El *Ribaldo*, personaje enteramente ajeno a la literatura caballeresca anterior, representa la invasión del realismo español en el género de ficciones que parecía más contrario a su índole, y la importancia de tal creación no es pequeña, si se reflexiona que el *Ribaldo* es, hasta ahora, el único antecesor conocido de Sancho Panza. La semejanza se hace más visible por el gran número de refranes (pasan de sesenta) que el *Ribaldo* usa a cada momento en su conversación. Acaso no se hallen tantos en ningún texto de aquella centuria, y hay que llegar al Arcipreste de Talavera y a la *Celestina* para ver abrirse de nuevo esta caudalosa fuente del saber popular y del pintoresco decir. Pero el *Ribaldo* no sólo parece un embrión de Sancho en su lenguaje sabroso y popular, sino también en algunos rasgos de su carácter. Desde el momento en que, saliendo de la choza de un pescador, interviene en la novela, procede como un rústico malicioso y avisado, socarrón y ladino, cuyo buen sentido contrasta las fantasías de su señor «el caballero viandante», a quien, en medio de la cariñosa lealtad que le profesa, tiene por «desventurado e de poco recabdo», sin perjuicio de acompañarle en sus empresas, y de sacarle de muy apurados trances sugiriéndole, por ejemplo, la idea de entrar en la ciudad de Mentón con viles vestiduras y ademanes de loco. El, por su parte, se ve expuesto a peligros no menores, aunque de índole menos heroica. En una ocasión le liberta el caballero Cifar al pie de la horca donde iban a colgarle confundiéndole con el ladrón de una bolsa. No había cometido ciertamente tan feo delito, pero en cosas de menos cuantía pecaba sin gran escrúpulo, y salía del paso con cierta candidez humorística. Dígalo el singular capítulo LXII (trasunto acaso de una *facecia* oriental) en que se refiere cómo entró en una huerta a coger nabos y los metió en el saco. Aunque en esta y en alguna otra aventura el *Ribaldo* parece precursor de los héroes de la novela picaresca todavía más que del honrado escudero de don Quijote, difiere del uno y de los otros en que mezcla el valor guerrero con la astucia. Gracias a esto, su condición social va elevándose y depurándose; hasta el nombre de *Ribaldo* pierde en la segunda mitad del libro. «Probó muy bien en armas e fizo muchas caballerías e buenas, porque el rey tuvo por guisado de lo facer cavallero, e lo fizo e lo heredó e lo casó muy bien, e decíanle ya el *caballero amigo.*»

»Inmensa es la distancia entre el rudo esbozo del antiguo narrador y la soberana concepción del escudero de don Quijote, pero no puede negarse el parentesco. Sancho, como el *Ribaldo,* formula su filosofía en proverbios; como él es interesado y codicioso a la vez que leal y adicto a su señor; como él se educa y mejora bajo la disciplina de su patrono, y si por el esfuerzo de su brazo no llega a ser caballero andante, llega por su buen sentido, aguzado en la piedra de los consejos de don Quijote, a ser íntegro y discreto gobernante, y a realizar una manera de utopía política en su ínsula.

»Lo que en su naturaleza hay de bajo e inferior, los apetitos francos y brutales, la tendencia prosaica y utilitaria, si no desaparecen del todo, van perdiendo terreno cada día bajo la mansa y suave disciplina, sin sombra de austeridad, que don Quijote profesa; y lo que hay de sano y primitivo en el fondo de su alma, brota con irresistible empuje, ya en forma ingenuamente sentenciosa, ya en inesperadas efusiones de cándida honradez. Sancho no es una expresión incompleta y vulgar de la sabiduría práctica, no es solamente el coro humorístico que acompaña a la tragicomedia humana: es algo mayor y mejor que esto, es un espíritu redimido y purificado del fango de la materia por don Quijote; es el primero y mayor triunfo del ingenioso hidalgo; es la estatua moral que van labrando sus manos en materia tosca y rudísima, a la cual comunica el soplo de la inmortalidad. Don Quijote se educa a sí propio, educa a Sancho, y el libro entero es una pedagogía en acción, la más sorprendente y original de las pedagogías, la conquista del ideal por un loco y por un rústico, la locura aleccionando y corrigiendo a la prudencia mundana, el sentido común ennoblecido por su contacto con el ascua viva y sagrada de lo ideal.»

III.—ADVERTENCIAS

La presente edición reproduce la edición príncipe según la trae el eximio cervantista don Francisco Rodríguez Marín, salvo algunas variantes indicadas al fin de este libro.

Las notas son numerosas, pero breves. Son *numerosas* porque no sólo declaran los pasajes oscuros, sino que dan el significado de muchos vocablos y refranes no tan conocidos aunque se hallen en los diccionarios comunes. Pero son *breves*, porque no se ha pretendido agotar la materia, ni hacer inútil la consulta de obras más amplias. Con todo, aun a trueque de alargarlas, se ha cedido a la tentación de trascribir, siempre que ha parecido conveniente, las definiciones de Sebastián de Covarrubias, cuyo *Tesoro de la lengua castellana* vió la luz cuatro años antes de la publicación de la segunda parte del *Quijote*.

Con el fin principal de disminuir el número de notas, lleva esta edición un índice final de vocablos declarados y las siguientes observaciones gramaticales.

MORFOLOGÍA

1. *Conjugación arcaica*, Gram.[1] §§ 222, 235, 558.

No son raros los arcaísmos o vulgarismos siguientes:

a) *ides* vais, *va* ve, *vamos vais* vayamos vayáis;

b) *vía* veía, *vido* vió;

c) presentes como *cayo, trayo, oyas*, caigo, traigo, oigas...;

d) e imperativos como *andá* andad, *miraldo* miradlo, *coméme* comedme.

2. *Adverbialización*, Gram. § 382. Se ven a veces adverbializados *continuo, continuado, especial, frontero, secreto*.

Ejs.: *no es posible que esté* CONTINUO [continuamente] *el arco armado* (I, 48); *puestos, pues, todos cuantos había en la venta, y algunos en pie,* FRONTERO [en frente] *del retablo...* (II, 25)

3. *Eufemismos*. Son frecuentes los sustitutos y reticencias:

a) en los juramentos e imprecaciones,

b) y para nombrar al diablo.

Ejs.: *a) Sancho Panza rompió el silencio* y *dijo*: *¡Voto a* TAL [a Dios], *así me deje yo sellar el rostro ni maneosarme la cara como volverme moro!* (II, 69). *Voto hago solene* A QUIEN PUEDO [a Dios] *que...* (I, 25). *¿A qué palacio tengo de guiar, cuerpo del* SOL [de Dios o Cristo], *respondió Sancho...?* (II, 9). *¿Qué tengo de dormir, pesia a* MI? [a Dios] (II, 17). PARDIEZ [par o por Dios], *señor, yo no sabré deciros qué gente sea ésta* (I, 36). *¡Mirá, en hora* MAZA [mala], *dijo a este punto el ama, si me decía a mí bien mi corazón!* (I, 5).

b) Dios lo oiga y EL PECADO [el diablo] *sea sordo* (II, 58).

---

[1] Aquí se cita la *Gramática española* de R. MENDIZÁBAL (Bilbao, *El Mensajero*, Apartado 73).

Al entrar de la cual [ciudad], EL MALO [el diablo], *que todo lo malo ordena, y los muchachos, que son más malos que* EL MALO [el diablo]... (II, 61).

SINTAXIS

Fraseología

4. NOMBRE. *Género.* Tienen concordancia femenina *camarada, centinela, fraude, guarda* y *guía;* masculina, *hipérbole, tribu,* y ambigua, *color, espía, fin.*

5. *Omisión del artículo. Otro día* significa *al otro día, al día siguiente.*

Ej.: *...que fué poner más deseo en el licenciado de hacer lo que* OTRO DIA *hizo* (I, 5).

6. *Modificativo con* DE, Gram. §§ 491, 508, 514. La locución preposicional con *de* se emplea para determinar:

a) Adjetivos sustantivados que denoten desprecio o compasión.

b) Adjetivos sustantivados y adverbios que expresen cantidad.

c) El posesivo *su,* y a veces los posesivos *suyo, cuyo.*

Ejs.: *a) Diera él por dar una mano de coces al traidor* DE GALALÓN [al traidor Galalón], *al ama que tenía* (I, 1). *Y el bueno* DE ESPLANDIÁN *fué volando al corral* (I, 6).

b) Le dijo tantas DE COSAS, *que no hay más que oír* (I, 32). *Muchas* DE CORTESIAS Y OFRECIMIENTOS *pasaron entre don Alvaro y don Quijote* (II, 72). *Habéis andado demasiadamente* DE REMISOS Y DESCUIDADOS (II, 32).

c) Cuando quebró la silla del embajador de aquel rey, delante de SU *Santidad* DEL PAPA (I, 19). *Y juntamente le quitaron lo que es tan* SUYO DE LAS PRINCIPALES SEÑORAS, *que es el buen olor* (II, 10). *Un Viriato tuvo Lusitania, un César Roma...,* CUYA *lección* DE SUS VALEROSOS HECHOS (I, 49).

7. PRONOMBRE. *Significación y concordancia,* Gram. § 474. Conforme al uso popular, algunas veces Cervantes:

a) da a *consigo* sentido directo: *Yo apostaré que este buen hombre que viene* CONSIGO [con él] *es un tal Sancho Panza* (II, 58).

b) emplea *él* con el valor de «vuestra merced» (y a veces, como en el último ejemplo, con sentido reflexivo): *Señor, ¿quiere v. m. darme licencia que departa un poco con* ÉL [con v. m.]? (I, 21). *Sí haré, madre, respondió Sanchica; pero mire que me ha de dar la mitad desa sarta; que no tengo yo por tan boba a mi señora la Duquesa, que se la había de enviar a* ELLA [a v. m.] *toda* (II, 50). *Ahí lo podrán ver* ELLOS [vs. ms.], *respondió Teresa* (II, 50). *Si en esto hay encantamentos o no, vuesas mercedes lo disputen allá entre* ELLOS [entre sí] (II, 50).

Dice Covarrubias a este propósito: «Los avaros de cortesías han hallado entre v. m. y vos, este término *él*».

c) y hace concordar al pronombre reproductor singular con un sustantivo plural: *Son* VERDADES *tan lindas y tan donosas, que no puede haber mentiras que se* LE *igualen* (I, 22).

8. VERBO. *Concordancia*, Gram. § 500. A un sujeto plural se junta a veces el verbo en singular, y al contrario.

Ejs.: *a)* *No se os* DÉ DOS MARAVEDÍS (I, pról.).

b) *Y luego se le* VINO *a la imaginación* LAS ENCRUCIJADAS (I, 4).

c) *No le queda al soldado más espacio del que* CONCEDE DOS PIES *de tabla del espolón* (I, 38).

d) ANDABAN *por aquel valle paciendo* UNA MANADA *de hacas* (I, 15).

e) *Que* LA [vida] DE LOS BUENOS *palmas y lauros* MERECEN (II, 49).

f) *hacer de manera... que os* CUESTEN *poco trabajo* EL BUSCALLOS (I, pról.).

Lo cual, unas veces se debe a que en el sujeto plural el escritor atiende a la unidad del plural (como en *a, b, c;* dos maravedís = *nada*, las encrucijadas = *lo de las encrucijadas*, dos pies de tabla = *una tabla de dos pies)*, y en el sujeto singular, si es de alguna manera colectivo, se fija en la pluralidad del singular (v. g. en *d);* otras, a que el autor se deja influir por el número gramatical del complemento (tal es el caso de *e*, donde *buenos* pudo distraer la atención del escritor), y otra, finalmente, a cambio repentino de la idea y a precipitación, sin tiempo o humor para corregir lo escrito (acaso *f* se haya de explicar así).

9. Cuando el sujeto singular va seguido de un superlativo relativo plural, nosotros ponemos el verbo en plural. Cervantes lo pone también en singular.

Ejs.: *Sancho Panza es uno de los más graciosos* ESCUDEROS QUE *jamás* SIRVIÓ *a caballero andante* (II, 32). *La ingratitud es... uno de los mayores* PECADOS QUE SE SABE (II, 51).

10. *Omisión del complemento pronominal.* No sólo ocurre *a)* en la combinación pleonástica (Gram. § 547), *b)* en la coordinación, *c)* y en las respuestas, *d)* sino aun fuera de estos casos, pero entonces el pronombre omitido es reflexivo.

Ejs.: *a) Y a mí no* [me] *olvide* (II, 52).
b) Y el otro le sigue y no [le] *alcanza* (II, 32). *Dejáronla* [la bandera] *caer y alcé* [la] *yo* (I, 49).
c) Sancho no se digna de venir conmigo. Sí [me] *digno, respondió Sancho, enternecido* (II, 7). *¿Promete el autor segunda parte?—Sí* [la] *promete, respondió Sansón* (II, 4).
d) Habiendo yo dicho a v. m., si mal no [me] *acuerdo, que...* (II, 9). *Aquí dice que la mujer de Sancho Panza mi escudero se llama Mari Gutiérrez, y no* [se] *llama tal, sino Teresa Panza* (II, 59).

11. ADVERBIO. Es de uso bastante frecuente el adverbio *además*, generalmente pospuesto, con el valor de «por demás, en demasía».

Ej.: *En guisa de hombre pensativo* ADEMÁS (I, 18).

12. PREPOSICIÓN. Delante de adverbios que comienzan con *de*, se omite a menudo la preposición *de*: *Será bien quitarle a nuestro amigo este tropiezo y ocasión* [de] *delante* (I, 6).

Nótese la equivalencia de las preposiciones *a* y *en*, *para* y *por*.

A (= en: cerca de). *Era hijo de un remendón, natural de Toledo, que vivía* A *las tendillas de Sancho Bienaya* (I, 3). *A dos barcadas como ésta, daremos con todo el caudal* AL *fondo* (II, 21).

En (= a). *Andar de Ceca* EN *Meca* (I, 18). *Salir* EN *campaña* (II, 25). *El mono se le subió* EN *el hombro izquierdo, y hablándole, al parecer,* EN *el oído, dijo luego maese Pedro* (II, 25). *Acordamos de venir a ver con los ojos lo que tanto nos había lastimado* EN *oíllo* (I, XIII).

Para (= por). ¡PARA *mis barbas, dijo Sancho, si no hace muy bien Pentapolín...!* (I, 18). *Váyase el diablo* PARA *diablo y el temor* PARA *mezquino* (II, 35).

Por (= para). *Llevaba bien herradas las bolsas,* POR *lo que pudiese sucederles* (I, 3). *Las aventuras y desventuras nunca comienzan* POR *poco* [para parar en poca cosa] (I, 20).

Oración

13. GENERALIDADES. *Anacoluto.* Sea por imitar el lenguaje familiar, sea por descuido, Cervantes construye a veces las oraciones de suerte que gramaticalmente queda el sujeto pendiente y sin arrimo, o un complemento ya expresado se vuelve a repetir. Las oraciones así construídas se llaman *anacolutos* y están muy relacionadas con las oraciones *realzadas,* de que se habla en la *Gram.* § 593.

Ejs.: *Y* QUIEN *lo contrario* DIJERE, *dijo Don Quijote,* LE HARÉ *yo conocer que miente* (I, 45). VOLVER *el tiempo a ser después que una vez ha sido,* NO HAY *en la tierra* PODER *que a tanto se haya extendido* (II, 18). ALEJANDRO, *a quien sus hazañas le alcanzaron el renombre de Magno,* DICEN DÉL *que tuvo sus ciertos puntos de borracho* (II, 2).

Aconsejárale yo que usara de una prevención, DE LA CUAL *su Majestad la hora de agora debe de estar muy ajeno* DE PENSAR EN ELLA (II, 1).

14. *Conjunciones cortadas.* Alguna que otra vez se complace Cervantes en separar los elementos de ciertas conjunciones que suelen ir unidos.

Ejs.: ASÍ, *oh Sancho,* QUE *nuestras obras no han de salir del límite que nos tiene puesto la religión cristiana* (II, 8).

15. QUE *sin antecedente.* Con frecuencia se presenta la conjunción *que, a)* callado su antecedente *tal, de suerte..., b)* y desprovisto del elemento preposicional (con lo cual *que* equivale a *de que, por que...).*

Ejs.: *a) Cuchillada le hubieran dado* [tal], QUE *le abrieran de arriba abajo como una granada* (II, 32). *Hablara yo más bien criado, respondió Don Quijote, si fuera* [el mismo, o tal] QUE *vos* (I, 17).

b) ¿Por ventura habrá quien se alabe [de, por] QUE *tiene echado un clavo a la rodaja de la Fortuna?* (II, 19).

16. *Cambio de modos.* En oraciones subordinadas se ven frecuentemente estos cambios:

A. Indicativo por subjuntivo: *No es posible, señor mío, sino que estas hierbas* DAN [den] *testimonio de que por aquí cerca debe de estar alguna fuente o arroyo* (I, 20). *Ordenó, pues, la suerte y el diablo... que* ANDABAN [anduviesen] *por aquel valle paciendo una manada de hacas* (I, 15). *Cuando el demonio, que no duerme, ordenó que en aquel mesmo punto* ENTRÓ [entrase] *en la venta el barbero a quien don Quijote quitó el yelmo de Mambrino* (I, 44).

Este cambio se da también en oraciones principales cuasi-subordinadas (Gram. § 637): *¡Que todavía* DAS [des], *Sancho, dijo don Quijote, en decir...!* (II, 8).

B. Subjuntivo (presente) por indicativo (futuro): *En verdad que no* SEPA [sabré] *determinar cuál de los dos libros es más verdadero* (I, 6).

17. NEGATIVAS. En vez de *tampoco* y *nada* ocurre *también no*, y *no nada* (cf. Bello, *Gram.* n. 358, nota).

Ejs.: TAMBIÉN *los cautivos del rey que son de rescate* NO *salen al trabajo con la demás chusma* (I, 40).

Debiendo ser los historiadores puntuales, verdaderos y NO NADA *apasionados* (I, 9).

De las negativas hablaré de nuevo en los nn. 24 y 34.

18. PARTICIPIALES, Gram. § 659. Algunas veces se repite la construcción del participio con sentido activo, como si se sobrentendiera la forma *habiendo.*

Ejs.: ... *diciendo... que* [habiendo] VISTO *el leonero ya puesto en postura a don Quijote... abrió de par en par la primera jaula* (II, 17).

19. RELATIVAS, Gram. § 688. Cervantes omite no pocas veces la preposición del relativo *que*. Distingamos dos casos:

a) Que referido a cosas. *Luego que vió la venta, se le representó que era un castillo... con todos aquellos adherentes* [con] QUE *semejantes castillos se pintan* (I, 2).

b) Que referido a persona: *Conocí ser la una la sin par Dulcinea del Toboso, y las otras dos aquellas mismas labradoras que venían con ella,* QUE [a quienes] *hablemos a la salida del Toboso* (II, 23). *En manos está el pandero,* QUE [de quien] *le sabrá bien tañer* (II, 22).

20. *Quien* se refiere también a cosas (Gram. § 677).

Ejs.: *¿Qué podía engendrar el estéril y mal cultivado ingenio mío, sino la historia de un hijo seco, avellanado..., bien como* QUIEN *se engendró en una cárcel...?* (I, pról.): *quien* se refiere a *historia. Porque todo él es una invectiva contra los libros de caballerías, de* QUIEN *nunca se acordó Aristóteles* (I, pról.).

21. En vez de *cuyo* se emplea a veces el relativo *que* seguido del posesivo *su* (Gram. § 685).

Ejs.: *Hablo de las letras humanas,* QUE *es* SU *fin* [cuyo fin es] *poner en su punto la justicia* (I, 37). *Abrasó a Clavileño:* QUE *con* SUS [con cuyas] *abrasadas cenizas y con el trofeo del cartel queda eterno el valor del gran don Quijote de la Mancha* (II, 44).

22. COMPLETIVAS. *Omisión del verbo subordinante.* Ocurre a cada paso en los juramentos.

Ejs.: *En Dios y en mi ánima* [juro] *que miente* (I, 4). *Por el sol que nos alumbra* [juro] *que estoy por pasaros de parte a parte con esta lanza* (I, 4).

23. *Conjunción repetida,* Gram. § 699. Hay ejemplos abundantes de *que* (que llega a expresarse tres veces), y alguno de *si.*

Ejs.: *Me parecía* QUE, *pues entre sus libros se habían hallado tan modernos como* Desengaño de celos *y* Ninfas y pastores de Henares, QUE *también su historia debía de ser moderna* (I, 9). *Y a fe* QUE *si lo hacen,* QUE *primero que salgamos de la cárcel,* QUE *nos ha de sudar el hopo* (I, 10).

Este caballero quiere saber SI *ciertas cosas que le pasaron en una cueva llamada de Montesinos,* SI *fueron falsas, o verdaderas.* (II, 25).

24. No *redundante*, Gram. § 702. Las completivas de verbos o locuciones que significan temor, duda, privación, prohibición, negación o cosa semejante, llevan *no*, aun en los casos en que hoy lo omitiríamos.

Ejs.: *Viendo Sancho que sacaba tan malas veras de sus burlas, con* TEMOR *de que su amo* NO *pasase adelante en ellas con mucha humildad le dijo: sosiéguese v. m.* (I, 20).

Y así por esto... se DUDA *que* NO *ha de haber segunda parte* (II, 4).

No FALTARON *algunos ociosos ojos... que* NO *viesen la bajada y la subida de Melisendra* (II, 26).

¿Por qué quieres tú ahora, sin qué ni para qué, ESTORBARME *que* NO *case a mi hija con quien me dé nietos que se llamen señoría?* (II, 5).

NEGANDO *este señor, como ha negado, que* NO *ha habido en el mundo, ni los hay caballeros andantes* (II, 32). *Y si es mentira* [si no es verdad], *también lo debe de ser que* NO *hubo Héctor* (I, 49).

25. De *con infinitivo*. A muchas completivas de infinitivo precede una preposición *de* que hoy no se emplea. Tales completivas tienen *a)* comúnmente oficio de complemento directo, *b)* a veces, de sujeto.

Ejs.: *a) Propuso* DE HACERSE *armar caballero* (I, 2). *Juro* DE VOLVER *a buscaros* (I, 4).

b) A Sancho le vino en voluntad DE DEJAR *caer las compuertas de los ojos* (II, 12). *A las crías me atengo, respondió Sancho; porque* DE SER *buenos los despojos de la primera aventura no está* [es] *muy cierto* (II, 10).

26. *Preposición separada del relativo*, Gram. § 720. No es rara en el Quijote esta clase de completivas, y aun a veces llevan la preposición repetida.

Ejs.: *Y adviertan* CON LA VEHEMENCIA Y AHINCO QUE [la vehemencia y ahinco con que] *le riñe* (II, 26).

Quisiera... que el dolor que tengo en esta costilla se aplacara tanto cuanto [algo] *para darte a entender, Panza,* EN EL ERROR EN QUE [el error en que] *estás* (I, 15).

26. TEMPORALES. En vez de *apenas*, o *no... apenas* y de *no bien*, dice a veces Cervantes *apenas no*, y *no... bien*.

Ejs.: APENAS *el caballero* NO *ha acabado* [no ha acabado apenas] *de oír la voz temerosa, cuando...* (I, 50).

No *hubo* BIEN *oído* [no bien hubo oído] *don Quijote nombrar libros de caballerías, cuando dijo* (I, 24).

28. COMPARATIVAS. A veces usa Cervantes en comparativas de igualdad *también* (= tan bien, así) ...*como.*

Ejs.: TAMBIÉN, *y mejor, me lo comería en pie y a mis solas,* COMO *sentado a par de un emperador* (I, 11). *La épica* TAMBIÉN *puede escrebirse en prosa* COMO *en verso* (I, 47).

En tiempo de Cervantes podían construirse las comparativas con *más... como,* y aun con *más... sino*: hoy tenemos que decir *más... que,* o *tanto (tan)... como.*

Ejs.: *Ninguna comparación hay que* MÁS *al vivo nos represente lo que somos y lo que habemos de ser,* COMO *la comedia y los comediantes* (II, 12).

Ninguna de las cosas referidas... ha de hacer MÁS *memorables estas bodas,* SINO *las que imagino que hará en ellas el despechado Basilio* (II, 19).

29. CONSECUTIVAS, Gram. § 767. Hoy apenas se emplea la conjunción *como* en estas oraciones.

Ejs.: *Haced de modo* COMO [que] *en vuestra historia se nombre el río Tajo* (I, pról.).

30. CONCESIVAS. Entre las conjunciones concesivas usadas en el Quijote que hoy se usan menos, merecen citarse *aunque más, cuando, mas que, puesto que* y *si.*

Ejs.: *Llegando al lugar y sitio donde pensaron hallar el asno, no le hallaron...,* AUNQUE MÁS [por más que] *le buscaron...* (II, 25).

De quien hay noticia que fueron famosos poetas; y CUANDO [aun cuando] *no lo hayan sido... no se os dé dos maravedís* (I, prólogo).

Habilidades y gracias que no son vendibles, MAS QUE [aunque] *las tenga el conde Dirlos* (II, 20).

Como se supo que [yo] *era capitán,* PUESTO QUE [aunque] *dije mi poca posibilidad y falta de hacienda, no aprovechó nada* (I, 40).

Dijo el comisario, ...deja empeñado el libro en la cárcel en doscientos reales.—Y le pienso quitar [desempeñar], *dijo Ginés,* SI [aunque] *quedara en doscientos ducados* (I, 22).

31. COPULATIVAS. *Concordancia,* Gram. § 815. Nuestros clásicos no reparaban en concertar el verbo con el sustantivo próximo.

Ejs.: *El lenguaje, no entendido de las señoras, y el mal talle de nuestro caballero* ACRECENTABA *en ellas la risa y en él el enojo* (I, 2). *Mas no lo* PERMITIÓ *su suerte y la pereza del escrutiñador* (I, 7).

32. *Complementos de preposición diversa,* Gram. § 829. Tampoco sentían nuestros clásicos gran dificultad en coordinar varios elementos cuyo complemento común tuviese preposición diversa.

Ejs.: *Porque defrauda con su tardanza el derecho de los tuertos... y otras cosas deste jaez, que* TOCAN, ATAÑEN, DEPENDEN Y SON ANEJAS A *la orden de la caballería andante* (II, 7): aunque no se dice *depender a.*

33. *Variación de sujeto.* De variar el sujeto en la coordinación verbal nace cierta oscuridad, que el contexto generalmente deshace, pero que hubiera sido muy fácil evitar.

Ejs.: *Veo que están otros libros... tan llenos de sentencias..., que admiran a los leyentes, y tienen* [no los libros, sino los leyentes] *a sus autores por hombres leídos* (I, pról.).

34. *Negativas,* Gram. § 832, d. En la coordinación negativa se omite la partícula *ni* en el primer miembro cuando el verbo lleva negación; y si el verbo está pospuesto, aunque no la lleve.

Ejs.: *El necio en su casa* NI *en la ajena sabe* NADA (II, 43). *Sin ella* [la paz], *en la tierra* NI *en el cielo puede haber bien alguno* (I, 37).

35. *Hendíadis.* Algunas veces Cervantes, imitando a los latinos, expresa por coordinación lo que suele enunciarse por subordinación (lo cual se llama *hendíadis).*

Ejs.: *Cuanto a la* ENTEREZA Y ENTENDIMIENTO [entera inteligencia] *del caso, no hay más que pedir* (II, 51). *Pueda con vuesas mercedes* MI ARREPENTIMIENTO Y MI VERDAD [mi verdadero arrepentimiento] *volverme a la estimación que de mí se tenía* (II, 74). *La partida sea luego, porque me va poniendo espuelas* AL DESEO Y AL CAMINO [al deseo de caminar] *lo que suele decirse que en la tardanza está el peligro* (I, 46). *Con que podremos hacernos* ETERNOS Y FAMOSOS [eternamente famosos] (II, 67).

36. *Y interjeccional.* La *y*, perdido el primitivo oficio conjuncional, queda como partícula de valor adverbial según unos, y mejor según otros de significado interjeccional vago, en bastantes oraciones exclamativas, volitivas e interrogativas de significado exclamativo o volitivo. Esta *y* va generalmente precedida de un vocativo o de una palabra o frase exclamativa: pero a veces también encabeza la frase.

Ejs.: *¡Santiago,* Y *cierra, España!* (II, 4). *¡Santa María,* Y *valme!* (II, 14). *¿Cómo* Y *es posible que hay hoy caballeros andantes...?* (II, 16). *¡Maldito seas de Dios y de todos sus santos, Sancho maldito, dijo don Quijote,* Y *cuándo será el día... donde yo te vea hablar sin refranes...!* (II, 34). *¡Y cómo si queda lo amargo! respondió la Condesa* (II, 39).

37. ADVERSATIVAS. En vez de *que no* (Gram. § 834), *no ya* o *no sólo* se usa con frecuencia la conjunción *no que.*

Ejs.: *Os ha de dar un reino,* NO QUE [que no] *una ínsula* (II, 44). *Que en sólo oírle mentar* [aquel maldito brebaje] *se me revuelve el alma,* NO QUE [no sólo] *el estómago* (I, 25).

38. Suele Cervantes encabezar algunas exclamaciones de sentido irónico (o contrario) con *no sino.* Primitivamente debió de comenzar la exclamación por una oración negativa, que de puro sabida se redujo a la negación *no,* con lo cual la adversativa vino a hacerse oración independiente (Gram. §§ 837 y 849).

Ejs.: ¡No, SINO *llegaos a mi condición, que sabrá usar de desagradecimiento con alguno!* (II, 4): es decir, probad mi condición, que ciertamente no será de desagradecido.

EL INGENIOSO HIDALGO

DON QUIJOTE DE LA MANCHA

PARTE PRIMERA

T A S A

Yo Juan Gallo de Andrada, escribano de cámara del Rey nuestro señor, de los que residen en el su Consejo, certifico y doy fee que habiéndose visto por los señores dél un libro intitulado *El Ingenioso Hidalgo de la Mancha* [1] compuesto por Miguel de Cervantes Saavedra, tasaron cada pliego del dicho libro a tres maravedís y medio; el cual tiene ochenta y tres pliegos, que al dicho precio monta el dicho libro docientos y noventa maravedís y medio, en que se ha de vender en papel [2], y dieron licencia para que a este precio se pueda vender, y mandaron que esta tasa se ponga al principio del dicho libro, y no se pueda vender sin ella. Y para que dello conste di la presente, en Valladolid, a veinte días del mes de diciembre de mil y seiscientos y cuatro años.

JUAN GALLO DE ANDRADA

TESTIMONIO DE LAS ERRATAS

Este libro no tiene cosa digna de notar que no corresponda a su original: en testimonio de lo haber correcto di esta fee [3]. En el Colegio de la Madre de Dios de los Teólogos de la Universidad de Alcalá, en primero de diciembre de 1604 años.

EL LICENCIADO FRANCISCO
MURCIA DE LA LLANA

---

[1] Así llamaría involuntariamente Cervantes a su obra al solicitar el privilegio de impresión; pero en la dedicatoria y en los títulos de las cuatro partes en que dividió la primera de su novela la llama *El Ingenioso Hidalgo don Quijote de la Mancha*.

[2] *En papel* = en rústica.

[3] Sabida cosa es que a la *fee* que el Licenciado F. Murcia de la Llana daba, no hay que conceder crédito alguno, porque la daba con mucha desaprensión y sin titubeos por más erratas que el libro contuviese. Y éstas solían ser numerosas, porque, vendido el privilegio al editor o librero, quedaba el autor alejado de toda corrección de pruebas.

EL REY

Por cuanto por parte de vos Miguel de Cervantes nos fué fecha relación que habíades compuesto un libro intitulado *El Ingenioso Hidalgo de la Mancha*, el cual os había costado mucho trabajo y era muy útil y provechoso, y nos pedistes y suplicastes os mandásemos dar licencia y facultad para le poder imprimir y previlegio por el tiempo que fuésemos servidos, o como la nuestra merced fuese, lo cual visto por los del nuestro Consejo, por cuanto en el dicho libro se hicieron las diligencias que la premática últimamante por nos fecha sobre la impresión de los libros dispone, fué acordado que debíamos mandar dar esta nuestra cédula para vos, en la dicha razón, y nos tuvímoslo por bien; por la cual, por os hacer bien y merced, os damos licencia y facultad para que vos, o la persona que vuestro poder hubiere, y no otra alguna, podáis imprimir el dicho libro intitulado *El Ingenioso Hidalgo de la Mancha*, que de suso se hace mención, en todos estos nuestros reinos de Castilla, por tiempo y espacio de diez años, que corran y se cuenten desde el dicho día de la data desta nuestra cédula. So pena que la persona o personas que sin tener vuestro poder lo imprimiere o vendiere, o hiciere imprimir o vender, por el mesmo caso pierda la impresión que hiciere, con los moldes y aparejos della, y más incurra en pena de cincuenta mil maravedís cada vez que lo contrario hiciere; la cual dicha pena sea la tercia parte para la persona que lo acusare, y la otra tercia parte para nuestra Cámara, y la otra tercia parte para el juez que lo sentenciare. Con tanto que todas las veces que hubiéredes de hacer imprimir el dicho libro durante el tiempo de los dichos diez años, le traigáis al nuestro Consejo, juntamente con el original que en él fué visto, que va rubricado cada plana y firmado al fin dél de Juan Gallo de Andrada, nuestro escribano de cámara, de los que en él residen, para saber si la dicha impresión está conforme el original, o traigáis fe en pública forma de como por corrector nombrado por nuestro mandado se vió y corrigió la dicha impresión por el original, y se imprimió conforme a él, y quedan impresas las erratas por él apuntadas, para cada un libro de los que así fueren impresos, para que se tase el precio que por cada volumen hubiéredes de haber. Y mandamos al impresor que así imprimiere el dicho libro no imprima el principio, ni el primer pliego dél, ni entregue más de un solo libro con el original al autor o persona a cuya costa lo imprimiere, ni otro alguno, pare efeto de la dicha correción y tasa, hasta que antes y primero el dicho libro esté corregido y tasado por los del nuestro Consejo; y estando hecho, y no de otra manera, pueda imprimir el dicho principio y primer pliego, y sucesivamente ponga esta nuestra cédula y la aprobación, tasa y erratas, so pena de caer e incurrir en las penas contenidas en las leyes y premáticas destos nuestros reinos. Y mandamos a los del nuestro Consejo y a otras cualesquier justicias dellos guarden y cumplan esta nuestra cédula y lo en ella contenido. Fecha en Valladolid, a veinte y seis días del mes de setiembre de mil y seiscientos y cuatro años.

YO EL REY

Por mandado del Rey nuestro señor.
JUAN DE AMEZQUETA

AL DUQUE DE BEJAR[1]

Marqués de Gibraleón, Conde de Benalcázar y Bañares, Vizconde de la Puebla de Alcocer, Señor de las Villas de Capilla, Curiel y Burguillos.

EN fe del ***buen acogimiento y honra***[2] *que hace Vuestra Excelencia a toda suerte de libros, como príncipe tan inclinado a favorecer las buenas artes, mayormente las que por su nobleza no se abaten al servicio y granjerías del vulgo, he determinado de sacar a luz al* **Ingenioso Hidalgo don Quijote de la Mancha** *al abrigo del* ***clarísimo nombre de Vuestra Excelencia,*** *a quien, con el acatamiento que debo a tanta grandeza, suplico le* ***recibа agradablemente*** *en su protección, para que a su sombra, aunque* ***desnudo de aquel*** *precioso ornamento* ***de elegancia y erudición de que suelen andar vestidas las obras que se componen en las casas de los hombres que saben, ose parecer*** *seguramente en el juicio de algunos que,* ***no continiéndose en los límites de su ignorancia,*** *suelen* ***condenar con más rigor y menos justicia los trabajos ajenos;*** *que, poniendo los ojos la prudencia de Vuestra Excelencia en mi buen deseo, fío que no desdeñará la cortedad de tan humilde servicio.*

[1] Don Alonso Diego López de Zúñiga y Sotomayor, séptimo duque de Béjar, tenía veintocho años cuando se publicó (1605) la primera parte del Quijote. Cervantes no le dedicó la segunda parte del Quijote ni le volvió a nombrar en sus obras a pesar de que el duque vivía (murió en 1619), sin duda porque no correspondió a la delicadeza de nuestro genio; achaque muy frecuente en aquellos tiempos en casos semejantes.

[2] Escribimos con ***este tipo*** lo que Cervantes copió de la dedicatoria que Fernando de Herrera había escrito para el Marqués viejo de Ayamonte en sus *Obras de Garcilaso con anotaciones.*

PROLOGO

DESOCUPADO lector, sin juramento me podrás creer que quisiera que este libro, como hijo del entendimiento, fuera el más hermoso, el más gallardo y más discreto que pudiera imaginarse. Pero no he podido yo contravenir a la orden de naturaleza; que en ella cada cosa engendra su semejante. Y así, ¿qué podía engendrar el estéril y mal cultivado ingenio mío sino la historia de un hijo seco, avellanado [1], antojadizo, y lleno de pensamientos varios y nunca imaginados de otro alguno, bien como quien se engendró en una cárcel [2], donde toda incomodidad tiene su asiento y donde todo triste ruido hace su habitación? El sosiego, el lugar apacible, la amenidad de los campos, la serenidad de los cielos, el murmurar de las fuentes, la quietud del espíritu, son grande parte para que las musas más estériles se muestren fecundas y ofrezcan partos al mundo que le colmen de maravilla y de contento. Acontece tener un padre un hijo feo y sin gracia alguna, y el amor que le tiene le pone una venda en los ojos para que no vea sus faltas; antes las juzga por discreciones y lindeza y las cuenta a sus amigos por agudezas y donaires. Pero yo, que, aunque parezco padre, soy padrastro de don Quijote, no quiero irme con la corriente del uso, ni suplicarte casi con las lágrimas en los ojos, como otros hacen, lector carísimo, que perdones o disimules las faltas que en este mi hijo vieres; y ni eres su pariente ni su amigo, y tienes tu alma en tu cuerpo y tu libre albedrío, como el más pintado, y estás en tu casa, donde eres señor

---

[1] «*Avellanado* se dice el hombre viejo, seco, enjuto de carnes, sólido y firme, como la madera del avellano» (Cov.).

[2] Se refiere a la Cárcel Real de Sevilla, donde estuvo dos veces preso (1597 y 1601 ó 1602).

della, como el rey de sus alcabalas [1], y sabes lo que comúnmente se dice, que «debajo de mi manto, al rey mato». Todo lo cual te esenta [2] y hace libre de todo respecto [3] y obligación, y así, puedes decir de la historia todo aquello que te pareciere, sin temor que te calunien [4] por el mal ni te premien por el bien que dijeres della.

Sólo quisiera dártela monda y desnuda, sin el ornamento de prólogo, ni de la inumerabilidad y catálogo de los acostumbrados sonetos, epigramas y elogios que al principio de los libros suelen ponerse. Porque te se decir que, aunque me costó algún trabajo componerla, ninguno tuve por mayor que hacer esta prefación que van leyendo. Muchas veces tomé la pluma para escribilla, y muchas la dejé, por no saber lo que escribiría; y estando una suspenso, con el papel delante, la pluma en la oreja, el codo en el bufete y la mano en la mejilla, pensando lo que diría, entró a deshora [5] un amigo mío gracioso y bien entendido, el cual, viéndome tan imaginativo, me preguntó la causa, y, no encubriéndosela yo, le dije que pensaba en el prólogo que había de hacer a la historia de don Quijote, y que me tenía de suerte, que quería hacerle, ni menos sacar a la luz las hazañas de tan noble caballero.—Porque ¿cómo queréis vos [6] que no me tenga confuso el qué dirá el antiguo legislador que llaman vulgo cuando vea que, al cabo de tantos años como ha que duermo en el silencio del olvido [7], salgo ahora, con todos mis años a cuestas, con una leyenda seca como un esparto, ajena de invención, menguada de estilo, pobre de concetos y falta de toda erudición y doctrina, sin acotaciones en las márgenes y sin anotaciones en el fin del libro, como veo que están otros libros, aunque sean fabulosos y profanos, tan llenos de sentencias de Aristóteles, de Platón y de toda la caterva de filósofos, que admiran a los leyentes, y tienen [8] a sus autores por hombres leídos, eruditos y elocuentes? [9] ¡Pues

[1] *Alcabala* = tributo del tanto por ciento sobre las ventas.

[2] *Exentar* = eximir.

[3] Respeto.

[4] *Calumniar* = exigir responsabilidad, principalmente pecuniaria, por un delito o falta.

[5] *A deshora* = a la hora menos pensada, inopinadamente.

[6] Nótese el cambio repentino: iba conversando con el lector, y de pronto se pone a hablar con su visitante.

[7] Hacía unos veinte años que Cervantes dormía en ese silencio.

[8] Los leyentes.

[9] Aquí y en otras partes del prólogo se alude a Lope de Vega.

qué, cuando citan la Divina Escritura! No dirán sino que son unos Santos Tomases y otros doctores de la Iglesia; guardando en esto un decoro tan ingenioso, que en un renglón han pintado un enamorado destraído y en otro hacen un sermoncico cristiano, que es un contento y un regalo oílle o leelle. De todo esto ha de carecer mi libro, porque ni tengo qué acotar en el margen, ni qué anotar en el fin, ni menos sé qué autores sigo en él, para ponerlos al principio, como hacen todos, por las letras del A B C, comenzando en Aristóteles y acabando en Xenofonte y en Zoílo [1] o Zeuxis, aunque fué maldiciente el uno y pintor el otro. También ha de carecer mi libro de sonetos al principio, a lo menos, de sonetos cuyos autores sean duques, marqueses, condes, obispos, damas o poetas celebérrimos; aunque si yo los pidiese a dos o tres oficiales [2] amigos, yo sé que me los darían, y tales, que no les igualasen los de aquellos que tienen más nombre en nuestra España. En fin, señor y amigo mío—proseguí—, yo determino que el señor don Quijote se quede sepultado en sus archivos en la Mancha, hasta que el cielo depare quien le adorne de tantas cosas como le faltan; porque yo me hallo incapaz de remediarlas, por mi insuficiencia y pocas letras, y porque naturalmente soy poltrón y perezoso de andarme buscando autores que digan lo que yo me sé decir sin ellos. De aquí nace la suspensión y elevamiento en que me hallastes: bastante causa para ponerme en ella lo que de mí habéis oído.

Oyendo lo cual mi amigo, dándose una palmada en la frente y disparando en una carga de risa [3], me dijo:

—Por Dios, hermano, que agora me acabo de desengañar de un engaño en que ha estado todo el mucho tiempo que ha que os conozco, en el cual siempre os he tenido por discreto y prudente en todas vuestras aciones. Pero agora veo que estáis tan lejos de serlo como lo está el cielo de la tierra. ¿Cómo que es posible [4] que cosas de tan poco momento y tan fáciles de remediar puedan tener fuerzas de suspender y absortar un ingenio tan maduro como el vuestro, y tan hecho a romper y

[1] Hoy decimos Zoilo.

[2] Los antiguos gremios de artesanos constaban de *aprendices*, *oficiales* y *maestros*. Se pasaba de una categoría a otra, mediante un examen de resultado satisfactorio, que se hacía constar en carta o documento.

[3] *Carga de risa* es frase comparable con *costal de malicia*, *arroba de gracia*, *montón de necedades*.

[4] Para *cómo que* y *como que* véase *Rev. de Fil. Esp.*, t. XII, p. 133.

atropellar por otras dificultades mayores? A la fe, esto no nace de falta de habilidad, sino de sobra de pereza y penuria de discurso. ¿Queréis ver si es verdad lo que digo? Pues estadme atento y veréis cómo en un abrir y cerrar de ojos confundo todas vuestras dificultades, y remedio todas las faltas que decís que os suspenden y acobardan para dejar de sacar a la luz del mundo la historia de vuestro famoso don Quijote, luz y espejo de toda la caballería andante.

—Decid—le repliqué yo, oyendo lo que me decía—. ¿De qué modo pensáis llenar el vacío de mi temor y reducir a claridad el caos de mi confusión?

A lo cual él dijo:

—Lo primero en que reparáis de los sonetos, epigramas o elogios que os faltan para el principio, y que sean de personajes graves y de título, se puede remediar en que vos mismo toméis algún trabajo en hacerlos, y después los podéis bautizar y poner el nombre que quisiéredes, ahijándolos al Preste Juan de las Indias o al emperador de Trapisonda [1], de quien yo sé que hay noticia que fueron famosos poetas; y cuando no lo hayan sido y hubiere algunos pedantes y bachilleres que por detrás os muerdan y murmuren desta verdad, no se os dé dos maravedís [2]; porque ya que os averigüen la mentira, no os han de cortar la mano con que lo escribistes.

En lo de citar en las márgenes los libros y autores de donde sacáredes las sentencias y dichos que pusiéredes en vuestra historia, no hay más sino hacer de manera que vengan a pelo algunas sentencias o latines que vos sepáis de memoria, o, a lo menos, que os cuesten [3] poco trabajo el buscallos, como será poner, tratando de libertad y cautiverio:

Non bene pro toto libertas venditur auro

Y luego, en el margen, citar a Horacio, o a quien lo dijo [4]. Si tratáredes del poder de la muerte, acudir luego con

[1] *Trapisonda* es una de las cuatro partes en que se dividía el imperio griego en el siglo XIII.

[2] *Dos maravedís* equivale a *nada;* por eso está el verbo en singular.

El *maravedí* fué unas veces moneda efectiva y otras imaginaria (como ahora lo es el céntimo), que tuvo diferentes valores y calificativos (v. g. de oro, de plata, cobreño, viejo, nuevo...).

[3] Lo correcto es *os cueste* (cf. pról. 8).

[4] En estos términos lo dijo el autor anónimo de las fábulas llamadas *Esópicas* 3.°, 14 (si bien Lucano, *Farsalia* 4, 227, había ya expresado esta misma idea: *si bene libertas unquam pro pace daretur).*

Pallida mors aequo pulsat pede pauperum tabernas
Regumque turres [1].

Si de la amistad y amor que Dios manda que se tenga al enemigo, entraros luego al punto por la Escritura Divina, que lo podéis hacer con tantico de curiosidad [2] y decir las palabras, por lo menos [3], del mismo Dios: *Ego autem dico vobis: diligite inimicos vestros* [4]. Si tratáredes de malos pensamientos, acudid con el Evangelio: *De corde exeunt cogitationes malae* [5]. Si de la instabilidad de los amigos, ahí está Catón, que os dará su dístico [6]:

Donec eris felix, multos numerabis amicos,
Tempora si fuerint nubila, solus eris.

Y con estos latinicos y otros tales os tendrán siquiera por gramático; que el serlo no es de poca honra y provecho el día de hoy.

En lo que toca al poner anotaciones al fin del libro, seguramente lo podéis hacer, desta manera: si nombráis algún gigante en vuestro libro, hacelde que sea el gigante Golías, y con sólo esto, que os costará casi nada, tenéis una grande anotación, pues podéis poner: «El gigante Golías o Goliat. Fué un filisteo a quien el pastor David mató de una gran pedrada, en el valle de Terebinto, según se cuenta en el libro de los Reyes en el capítulo...» que vos halláredes que se escribe [7].

Tras esto, para mostraros hombre erudito en letras humanas y cosmógrafo, haced de modo como [8] en vuestra historia se nombre el río Tajo, y veréis luego con otra famosa anotación, poniendo: «El río Tajo fué así dicho por un rey de las Españas; tiene su nacimiento en tal lugar, y muere en el mar Océano, besando los muros de la famosa ciudad de Lisboa, y es opinión que tiene las arenas de oro», etc. Si tratáredes de ladrones, yo os diré la historia de Caco [9], que la sé de coro; si de mujeres rameras, ahí está el Obispo de Mondoñedo, que os prestará a Lauria, Laida y Flora, cuya anotación os dará gran crédito; si de

[1] De Horacio, *Od.* I, 4, 13.
[2] *Tantico de curiosidad* = un poquito de cuidado.
[3] *Por lo menos* = nada menos que.
[4] San Mateo, 5, 44.
[5] San Mateo, 15, 19.
[6] El dístico es de Ovidio, *Tristium* 1, 9, 5.
[7] Libro 1.°, cap. 17.
[8] Hoy diríamos *que* (cf. pról. 29).
[9] La cuenta Virgilio, *Eneida*, 8, 185.

crueles, Ovidio os entregará a Medea [1]; si de encantadores y hechiceras, Homero tiene a Calipso [2] y Virgilio a Circe [3]; si de capitanes valerosos, el mesmo Julio César os prestará a sí mismo en sus *Comentarios*, y Plutarco os dará mil Alejandros. Si tratáredes de amores, con dos onzas que sepáis de la lengua toscana toparéis con León Hebreo, que os hincha [4] las medidas. Y si no queréis andaros por tierras estrañas, en vuestra casa tenéis a Fonseca, *Del amor de Dios*, donde se cifra todo lo que vos y el más ingenioso acertare a desear en tal materia. En resolución, no hay más sino que vos procuréis nombrar estos nombres, o tocar en la vuestra estas historias que aquí he dicho, y dejadme a mí el cargo de poner las anotaciones y acotaciones; que yo os voto a tal [5] de llenaros las márgenes y de gastar cuatro pliegos en el fin del libro.

Vengamos ahora a la citación de los autores que los otros libros tienen, que en el vuestro os faltan. El remedio que esto tiene es muy fácil, porque no habéis de hacer otra cosa que buscar un libro que los acote todos, desde la A hasta la Z, como vos decís. Pues ese mismo abecedario pondréis vos en vuestro libro; que, puesto que [6] a la clara se vea la mentira, por la poca necesidad que vos teníades de aprovecharos dellos, no importa nada; y quizá alguno habrá tan simple que crea que todos os habéis aprovechado en la simple y sencilla historia vuestra; y cuando no sirva de otra cosa, por lo menos servirá aquel largo catálogo de autores a dar de improviso autoridad al libro. Y más, que no habrá quien se ponga a averiguar si los seguistes o no los seguistes, no yéndole nada en ello. Cuanto más que, si bien caigo en la cuenta, este vuestro libro no tiene necesidad de ninguna cosa de aquellas que vos decís que le faltan, porque todo él es una invectiva contra los libros de caballerías, de quien nunca se acordó Aristóteles, ni dijo nada San Basilio, ni alcanzó Cicerón; ni caen debajo de la cuenta de sus fabulosos disparates las puntualidades de la verdad, ni las observaciones de la Astrología; ni le son de importancia las medidas geométricas, ni la confutación de los argumentos de quien se sirve la retórica; ni tiene para qué predicar

[1] *Metamorfosis*, VII.
[2] *Odisea*, V, VII.
[3] *Eneida*, VII, 20.
[4] Os llene (de *henchir*).
[5] *A tal* por *a Dios* es un eufemismo (cf. pról. 3).
[6] Hoy diríamos *aunque*.

a ninguno, mezclando lo humano con lo divino, que es un género de mezcla [1] de quien no se ha de vestir ningún cristiano entendimiento. Sólo tiene que aprovecharse de la imitación en lo que fuere escribiendo; que cuanto ella fuere más perfecta, tanto mejor será lo que se escribiere. Y pues esta vuestra escritura no mira a más que a deshacer la autoridad y cabida que en el mundo y en el vulgo tienen los libros de caballerías, no hay para qué andéis mendigando sentencias de filósofos, consejos de la Divina Escritura, fábulas de poetas, oraciones de retóricos, milagros de santos; sino procurar que a la llana, con palabras significantes, honestas y bien colocadas, salga vuestra oración y período sonoro y festivo, pintando, en todo lo que alcanzáredes y fuere posible, vuestra intención; dando a entender vuestros conceptos, sin intricarlos y escurecerlos [2]. Procurad también que leyendo vuestra historia el melancólico se mueva a risa, el risueño la acreciente, el simple no se enfade, el discreto se admire de la invención, el grave no la desprecie, ni el prudente deje de alabarla. En efecto, llevad la mira puesta a derribar la máquina mal fundada destos caballerescos libros, aborrecidos de tantos y alabados de muchos más; que si esto alcanzásedes, no habríades alcanzado poco.

Con silencio grande estuve escuchando lo que mi amigo me decía, y de tal manera se imprimieron en mí sus razones, que, sin ponerlas en disputa, las aprobé por buenas, y de ellas mismas quise hacer este prólogo, en el cual verás, lector suave, la discreción de mi amigo, la buena ventura mía en hallar en tiempo tan necesitado tal consejero, y el alivio tuyo en hallar tan sincera y tan sin revueltas las historia del famoso don Quijote de la Mancha, de quien hay opinión por todos los habitadores del distrito del campo de Montiel que fué el más casto enamorado y el más valiente caballero que de muchos años a esta parte se vió en aquellos contornos. Yo no quiero encarecerte el servicio que te hago en darte a conocer tan notable y tan honrado caballero; pero quiero que me agradezcas el conocimiento que tendrás del famoso Sancho Panza, su escudero, en quien, a mi parecer, te doy cifradas todas las gracias escuderiles que en la caterva de los libros vanos de caballerías están esparcidas. Y con esto, Dios te de salud, y a mí no olvide. VALE [3].

1 *Mezcla*, además del corriente, tiene el significado de «tejido hecho de hilos de diferentes clases y colores»: juega, pues, con el vocablo.

2 Hoy diríamos: sin intri*n*carlos *ni o*scurecerlos.

3 Voz latina de despedida.

AL LIBRO DE
DON QUIJOTE DE LA MANCHA

URGANDA LA DESCONOCIDA [1]

Si de llegarte a los bue-,
Libro, fueres con letu- [2],
No te dirá el boquirru- [3]
Que no pones bien los de- [4].
Mas si el pan no se te cue- [5]
Por ir a manos de idio-,
Verás de manos a bo- [6]
Aun no dar una en el cla- [7].
Si bien se comen las ma- [8]
Por mostrar que son curio- [9].

---

1 *Urganda* es la encantadora que favorecía a Amadís de Gaula. Se llamaba *la desconocida*, porque muchas veces se transformaba y desconocía.

2 *Ir con lectura* = ir con atención, con cuidado. Era expresión del vulgo.

3 «*Boquirrubio*, al mozalbete galán que le empieza a salir el *bozo rubio* y se precia mucho de su gentileza» (Cov.). Este bozo del labio, tomando la parte por el todo, hizo que la denominación de rubio se ampliara a toda la boca. Boquirrubio, dejada la noción etimológica, es el mozo fácil de engañar, inexperto, que cree saber y no sabe, presumido, necio.

4 *Poner bien los dedos* = 1) tocar un instrumento con destreza y habilidad; 2) saber uno bien lo que se hace. Aquí se toma en la segunda acepción.

5 *No cocérsele a uno el pan* se dice del que anda inquieto por hacer o decir algo.

6 «*De manos a boca*, in promptu [muy pronto]» (Cov.).

7 «*Dar en el clavo* es acertar en la razón y acudir a lo sustancial y a lo que hace al caso. Está tomado de los herradores, que dan muchos golpes en la herradura y pocos en el clavo que van hincando, de donde nació otro proverbio, *una en el clavo y ciento en la herradura*» (Cov.).

8 «*Comerse las manos tras* [o *por*] *un negocio* es hacerlo con mucho gusto» Cov.), desear algo vivamente.

9 *Curioso* = 1) primoroso, delicado :2) cuidadoso ,diligente ,mirado; 3) entendido.

Y pues la espiriencia ense-
Que el que a buen árbol se arri-
Buena sombra le cobi-,
En Béjar tu buena estre-
Un árbol real [1] te ofre-
Que da príncipes por fru-,
En el cual floreció un Du-
Que es nuevo Alejandro Ma-:
Llega a su sombra; que a osa-
Favorece la Fortu-.

De un noble hidalgo manche-
Contarás las aventu-,
A quien ociosas letu-
Trastornaron la cabe-:
Damas, armas, caballe-,
Le provocaron de mo-,
Que, cual Orlando Furio-,
Templado a lo enamora-,
Alcanzó a fuerza de bra-
A Dulcínea [2] del Tobo- [3].

No indiscretos hieroglí-
Estampes en el escu- [4];
Que cuando es todo figu-,
Con ruines puntos se envi- [5].
Si en la dirección [6] te humi-,
No dirá mofante algu-:
«Qué don Alvaro de Lu-,
Qué Anibal [7] el de Carta-,

---

[1] Se alude al origen de la casa real de Navarra que se atribuían los Zúñigas. Ya queda dicho que el duque de Béjar era Zúñiga.

[2] Aquí es trisílabo: *Dul-ci-nea*.

[3] La maga Urganda se equivocó en su profecía, pues don Quijote se murió sin ver desencantada a Dulcinea.

[4] Lo dijo por Lope de Vega que en algunas de sus obras puso alrededor de su escudo varios lemas.

[5] Parece aludirse a *la primera* juego en que los naipes que menos puntos valen son las figuras. *Envidar* o *hacer envite* es apostar cierta cantidad a un lance o suerte, o como dice Covarrubias «cuasi invitar, porque el que envida está convidando al compañero con quien juega con el dinero, y no para dárselo, sino para llevárselo si puede». «*Envidar de falso*, cuando con pocos puntos, para amedrentar al contrario.., le envida» (Cov.).

[6] *Dirección* = dedicatoria.

[7] Antaño era agudo *Anibal* (y no *Aníbal*), cf. CUERVO *Apuntaciones*, número 93.

Qué Rey Francisco en Espa-
Se queja de la Fortu- [1]!»

Pues al cielo no le plu-
Que salieses tan ladi-
Como el negro Juan Lati- [2],
Hablar latines rehu-.
No me despuntes de agu- [3],
Ni me alegues con filó-;
Porque, torciendo la bo-,
Dirá el que entiende la le- [4],
No un palmo de las ore- [5]:
«¿Para qué conmigo flo?»

No te metas en dibu-,
Ni en saber vidas aje-;
Que en lo que no va ni vie-
pasar de largo es cordu-.
Que suelen en caperu-

---

[1] Ridiculizando los romances de Lope de Vega (Belardo) había algún mofante publicado estos versos:

Preguntóme cierta dama
Este Berlardo quién era
Y cuando su suerte supo
Me dijo desta manera:
«¡Miren qué grande de España,
Para que a lástima mueva;
Qué perdida de la armada;
Qué muerte de rey o reina!...»

[2] Tanto latín aprendió Juan, el negrito que al duque de Sesa le llevaba los libros al estudio, que se le dió el sobrenombre de Latino.

[3] «*Despuntar de agudo*, del que por mucha sutileza viene a dar en algún absurdo; como la punta, de muy aguda, suele quebrar» (Cov.).

[4] «*Levada* [o *leva*] es término del juego de la esgrima, cuando el que se va para su contrario antes de ajustarse con él, tira algunos tajos y reveses al aire, para facilitar el movimiento del brazo y entrar en calor... Por otro término se dice esto jugar de floreo» (Cov.). «*Floreo*, el preludio que hacen con las espadas los esgrimidores antes de acometer... De aquí llaman floreo la abundancia de palabras en el orador cuando no aprietan» (Cov.). Pero *leva* y *flor* significan también «engaño, embuste». Respecto de *flor* lo dice expresamente Covarrubias «*flor* entre farsantes burladores llaman aquello que traen por ocasión y escusa, cuando quieren sacarnos alguna cosa, como decir que son caballeros pobres, o soldados que vienen perdidos o que han salido de cautiverio; y destas flores son tantas las que hay en el mundo, que le tienen desflorado».

[5] Dirá muy cerca, al oído.

Darles [1] a los que grace-;
Mas tú quémate las ce-
Sólo en cobrar buena fa-;
Que el que imprime neceda-
Dalas a censo perpe-.

Advierte que es desati-,
Siendo de vidrio el teja-,
Tomar piedras en la ma-
Para tirar al veci-.
Deja que el hombre de jui-
En las obras que compo-
Se vaya con pies de plo-;
Que el que saca a luz pape-
Para entretener donce-,
Escribe a tontas y a lo- [2].

AMADÍS DE GAULA A DON QUIJOTE DE LA MANCHA

Soneto

Tú, que imitaste la llorosa vida
Que tuve ausente y desdeñado sobre
El gran ribazo de la Peña Pobre [3],
De alegre a penitencia reducida,

Tú, a quien los ojos dieron la bebida
De abundante licor, aunque salobre,
Y alzándote [4] la plata, estaño y cobre,
Te dió la tierra en tierra [5] la comida,

Vive seguro de que eternamente,
En tanto, al menos, que en la cuarta esfera
Sus caballos aguije el rubio Apolo,

---

[1] *Dar en caperuza a uno* = hacerle daño, frustrarle sus designios o dejarle cortado en la disputa. La caperuza era una especie de gorro puntiagudo, que pendía hacia atrás.

[2] *A tontas y a locas* puede entenderse adverbialmente «sin orden ni concierto», o como complemento indirecto «para doncellas tontas y locas»

[3] De ella se habla en I, 15 y 25.

[4] Quitándote.

[5] *Sentado en tierra* (sin mesas, ni cubiertos...), o te dió *en tierra*, es decir, en escudillas de barro, no en vajilla de metal.

Tendrás claro renombre de valiente;
Tu patria será en todas la primera;
Tu sabio autor[1], al[2] mundo único y solo[3]

DON BELIANÍS DE GRECIA A DON QUIJOTE DE LA MANCHA

Soneto

Rompí, corté, abollé, y dije y hice[4]
Más que en el orbe caballero andante;
Fuí diestro, fuí valiente, fuí arrogante;
Mis agravios vengué, cien mil deshice.

Hazañas di a la Fama que eternice;
Fuí comedido y regalado amante;
Fué enano para mí todo gigante
Y al duelo[5] en cualquier punto satisfice.

Tuve a mis pies postrada la Fortuna,
Y trajo del copete mi cordura
A la calva Ocasión al estricote[6].

Mas, aunque sobre el cuerno de la luna
Siempre se vió encumbrada mi ventura,
Tus proezas envidio, ¡oh gran Quijote!

LA SEÑORA ORIANA A DULCINEA DEL TOBOSO

Soneto

¡Oh, quién tuviera, hermosa Dulcinea,
Por más comodidad y más reposo,
A Miraflores[7] puesto en el Toboso,
Y trocara sus Londres[8] con tu aldea!

---

[1] Amadís.
[2] *al* = en el.
[3] Así ridiculiza Cervantes los elogios desmesurados, aun puestos en boca de otros, con que encabezaban sus obras los autores.
[4] *Decir y hacer* = ejecutar una cosa con mucha ligereza y prontitud.
[5] *Duelos* = pundonor.
[6] *Al estricote* = al retortero, a mal traer.
[7] En *Miraflores*, castillo cercano a Londres, residía *Oriana*, la amada de Amadís.
[8] Concordancia popular, fundada en la terminación *-es* de Londres.

¡Oh, quién de tus deseos y librea
Alma y cuerpo adornara [1], y del famoso
Caballero que hiciste venturoso
Mirara alguna desigual pelea!

¡Oh, quién tan castamente se escapara
Del señor Amadís como tú hiciste
Del comedido hidalgo don Quijote!

Que así, envidiada fuera, y no envidiara,
Y fuera alegre el tiempo que fué triste,
Y gozara los gustos sin escote [2].

GANDALÍN, ESCUDERO DE AMADÍS DE GAULA, A SANCHO PANZA, ESCUDERO DE DON QUIJOTE

Soneto

Salve, varón famoso, a quien Fortuna,
Cuando en el trato escuderil te puso,
Tan blanda y cuerdamente lo dispuso,
Que lo pasaste sin desgracia alguna.

Ya la azada o la hoz poco repugna [3]
Al andante ejercicio; ya está en uso
La llaneza escudera, con que acuso
Al soberbio que intenta hollar la luna.

Envidio a tu jumento y a tu nombre,
Y a tus alforjas igualmente invidio,
Que mostraron tu cuerda providencia.

Salve otra vez ¡oh Sancho! tan buen hombre,
Que a solo tú [4] nuestro español Ovidio [5]
Con buzcorona [6] te hace reverencia.

---

[1] ¡Quién adornara su cuerpo con tu librea! *Librea* (del fr. *livrée* = dado) = 1) traje que las personas principales dan a sus criados, por lo común uniforme y con distintivos; 2) traje uniforme.

[2] Sin pagar o gastar nada. *Escote* = parte o cuota que cabe a cada uno por razón del gasto común entre varias personas.

[3] La *g* de *repugna* no se pronunciaba.

[4] *A solo tú* (que es incorrecto, por *sólo a ti* o *a ti solo*) se explica por la repugnancia que el castellano tiene a emplear los casos pronominales oblicuos separados de la preposición (por eso rehusamos decir hoy *entre Antonio y mí* y decimos *entre Antonio y yo*).

[5] Ya se dijo arriba a qué vienen estas alabanzas del autor. Por lo demás, nota Pellicer la oportunidad del epíteto, porque así como Ovidio describió las trasformaciones de los héroes fabulosos, Cervantes describió las que se forjaron en la desvariada imaginación de don Quijote.

[6] *Buzcorona* = burla que se hacía dando a besar la mano, y descar-

DEL DONOSO, POETA ENTREVERADO, A SANCHO PANZA Y ROCINANTE

A SANCHO PANZA

Soy Sancho Panza, escude-
Del manchego don Quijo-;
Puse pies en polvoro-[1],
Por vivir a lo discre-[2];
Que el tácito Villadie-[3]
Toda su razón de esta-[4]
Cifró en una retira-,
Según siente *Celesti-*,
Libro, en mi opinión, divi-,
Si encubriera más lo huma-[5].

A ROCINANTE

Soy Rocinante el famo-,
Biznieto del gran Babie-[6];
Por pecados de flaque-
Fuí a poder de un don Quijo-.

---

gando un golpe sobre la cabeza y carrillo inflado del que la besaba. Hace el buzcorona, así el que da la mano, como el que la toma para besarla.

[1] En la jerga de los truhanes frecuentemente se nombraban las cosas por un adjetivo suyo: así en vez de *calle* decían *polvorosa* (en I, 22 hay más ejemplos). *Poner pies en polvorosa* es, pues, escaparse, huir.

[2] *A lo discreto* = 1) según mi discreción, a mis anchas; 2) discretamente.

[3] Alude al dicho *tomar las de Villadiego*, del cual dice Covarrubias: «Vale *huir más que de paso*. Está autorizado este refrán por el autor de la *Celestina* [acto XII] y no consta de su origen más de que Villadiego se debió de ver en algún aprieto, y no le dieron lugar a que se calzase, y con ellas en las manos se fué huyendo». En otros autores *Villadiego* no es nombre de persona, sino del lugar que se hizo famoso por las calzas en él fabricadas.

Como la retirada en que Villadiego cifró su política sería *tácita* o *callada*, bien pudo recibir éste el calificativo de *tácito*.

[4] *Razón de estado* = política y regla con que se gobiernan las cosas pertenecientes al interés de la nación.

[5] La *Tragicomedia de Calisto y Melibea*, vulgarmente llamada la *Celestina*, se escribió con buen fin y con un lenguaje que aventajaba al de todos los demás libros castellanos, por lo cual sería un libro divino; pero no encubrió lo humano, esto es, pintó tan al vivo las escenas que en el mundo pasan, que su lectura producía muchos males. A esto se refería el Maestro Alejo Vanegas cuando a la *Celestina* la llamaba *Scelestina*.

[6] *Babieca* se llamó el famoso caballo del Cid.

Parejas corrí [1] a lo flo- [2];
Mas por [3] uña de caba-
No se me escapó ceba-;
Que esto saqué a Lazari-
Cuando, para hurtar el vi-
Al ciego, le di la pa- [4].

ORLANDO FURIOSO A DON QUIJOTE DE LA MANCHA

Soneto

Si no eres par, tampoco le has tenido [5]:
Que par pudieras ser entre mil pares;
Ni puede haberle donde tú te hallares,
Invito [6] vencedor, jamás vencido.

Orlando soy, Quijote, que, perdido
Por Angélica, vi remotos mares,
Ofreciendo a la Fama en sus altares
Aquel valor que respetó el olvido.

No puedo ser tu igual; que este decoro
Se debe a tus proezas y a tu fama,
Puesto que [7], como yo, perdiste el seso.

Mas serlo has mío [8], si al soberbio Moro
Y Cita fiero domas, que hoy nos llama
Iguales en amor con mal suceso.

---

[1] «*Correr parejas*, ejercicio de caballeros que pasan dos juntos la carrera a veces asidos de las manos» (Cov.).

[2] *A lo flojo* = flojamente, despacio. Cree R. Marín que se corría *a lo flojo*, cuando ganaba el que menos corría, como hoy en las carreras de burros, donde gana el asno que, a pesar de gritos y golpes, llega el postrero.

[3] Hoy decimos *a*.

[4] Pero fuí veloz para procurarme la cebada: que esto (el mirar por mi provecho propio) aprendí de Lazarillo; en el *Lazarillo de Tormes* se refiere cómo el lazarillo hurtó el vino a su amo el ciego, que tenía asido el jarro, chupándolo por medio de una paja larga.

[5] Juega con la voz *par* que ya significa *igual*, ya uno de los *Pares* de Francia.

[6] *Invito* = invicto.

[7] Hoy diríamos *aunque*.

[8] No puedo ser tu igual (no puedo hacer lo que tú hiciste), mas serlo has mío (pero tú puedes hacer lo que yo hice domando al moro y al cita o escita).

EL CABALLERO DEL FEBO A DON QUIJOTE DE LA MANCHA

Soneto

A vuestra espada no igualó la mía,
Febo español, curioso cortesano,
Ni a la alta gloria de valor mi mano,
Que rayo fué do nace y muere el día.

Imperios desprecié: la monarquía
Que me ofreció el Oriente rojo en vano
Dejé, por ver el rostro soberano
De Claridiana, aurora hermosa mía.

Améla por milagro único y raro,
Y, ausente en su desgracia, el propio infierno
Temió mi brazo, que domó su rabia.

Mas vos, godo [1] Quijote, ilustre y claro,
Por Dulcinea sois al mundo eterno,
Y ella, por vos, famosa, honesta y sabia.

DE SOLISDÁN [2] A DON QUIJOTE DE LA MANCHA

Soneto

Maguer [3], señor Quijote, que sandeces
Vos tengan el cerbelo derrumbado,
Nunca seréis de alguno reprochado
Por home de obras viles y soeces.

Serán vuesas fazañas los joeces,
Pues tuertos [4] desfaciendo habéis andado,
Siendo vegadas [5] mil apaleado
Por follones [6] cautivos [7] y raheces [8].

---

1 De los *godos* dice Covarrubias «reinaron mucho tiempo... y de las reliquias dellos, que se recogieron en las montañas, volvió a retoñar la nobleza, que hasta hoy dura, y en tanta estima, que para encarecer la presunción de algún vano le preguntamos si desciende de la casta de los godos».

2 *Solisdán* parece ser anagrama de *Lassindo*, escudero de Bruneo de Bonamar, armado luego caballero.

3 *Maguer... que* = aunque (cf. pról. 14)

4 *Tuerto* = injuria. *Tuerto* o *torcido* se opone a *derecho*.

5 *Vegada* = vez.

6 *Follón* = 1) hinchado, arrogante; 2) flojo, perezoso; 3) cobarde, vil.

7 *Cautivo* o *cativo* = malo, miserable, infeliz.

8 *Rahez* = despreciable, de poco valor.

Y si la vuesa linda Dulcinea
Desaguisado[1] contra vos comete,
Ni a vuesas cuitas[2] muestra buen talante[3],

En tal desmán, vueso conorte[4] sea
Que Sancho Panza fué mal alcagüete
Necio él, dura ella, y vos no amante.

DIÁLOGO ENTRE BABIECA Y ROCINANTE

Soneto

B. ¿Cómo estáis, Rocinante, tan delgado?
R. Porque nunca se come, y se trabaja.
B. Pues ¿qué es de la cebada y de la paja?
R. No me deja mi amo ni un bocado.
B. Andá[5], señor, que estáis muy mal criado
Pues vuestra lengua de asno al amo ultraja.
R. Asno se es de la cuna a la mortaja.
¿Queréislo ver? Miraldo[6] enamorado.
B. ¿Es necedad amar?
R. No es gran prudencia.
B. Metafísico estáis.
R. Es que no como.
B. Quejaos del escudero.
R. No es bastante.
¿Cómo me he de quejar en mi dolencia,
Si el amo y escudero o mayordomo
Son tan rocines[7] como Rocinante?

---

[1] *Desaguisado* = agravio, denuesto, acción descomedida.

[2] *Cuita* = 1) trabajo, aflicción; 2) anhelo, deseo vehemente.

[3] *Talante* = 1) modo de hacer una cosa; 2) semblante, disposición, calidad; 3) voluntad, deseo.

[4] *Conorte* = consuelo. «*Conortar*, animar a uno amonestándole y dándole consejos sanos y buenos. *Conortarse*, consolarse un hombre a sí mismo, buscando razones para no tener por tan pesado su trabajo. *Estar conortado*, estar consolado: de *con* y *hortor, aris*» (Cov.).

[5] Por *andad*.

[6] Por *miradlo*.

[7] «*Rocín* es el potro que, o por no tener edad, o estar maltratado, o no ser de buena raza, no llegó a merecer el nombre de caballo, y así llamamos arrocinados a los caballos desbaratados y de mala traza... *Venir de rocín a ruin*, de mal en peor» (Cov.).

CAPITULO PRIMERO.—Que trata de la condición y ejercicio del famoso hidalgo don Quijote de la Mancha.

«En un lugar de la Mancha [1]», de cuyo nombre no quiero acordarme [2], no ha mucho tiempo que vivía un hidalgo de los de lanza en astillero [3], adarga [4] antigua, rocín flaco y galgo corredor. Una olla de algo más vaca que carnero [5], salpicón [6] las más noches, duelos y quebrantos los sábados [7], lante-

---

1 Nota R. Marín que no es ésta la única vez que Cervantes comienza su narración con algún verso (df. I, 9 y 26). Está tomado éste del *Romancero general*.

2 *No quiero acordarme* = no estoy próximo a acordarme, no me viene a la memoria.—Más adelante (II, 74) nos dirá que Cide Hamete omitió adrede decirlo puntualmente para que todos los lugares de la Mancha contendiesen por ahijarse a don Quijote. Por lo demás es falsa la leyenda, hasta este siglo tan propagada, de que el Quijote se escribió en la cárcel de Argamasilla de Alba, lugar de la Mancha.

3 «*Lancera*, que por otro nombre se dice *astillero*, de asta, es estante en que se ponen las lanzas, adorno de la casa de un hidalgo en el patio o soportal con algunos paveses, arma defensiva española antigua» (Cov., v. *alancearse*, en pos de *lanza*).

4 «*Adarga*, un género de escudo hecho de ante [= piel de búfalo], del cual usan en España los jinetes de las costas, que pelean con lanza y adarga» (Cov.).

5 Siendo entonces la carne de carnero más cara que la de vaca, se da a entender que no era hidalgo rico; por lo demás, bien decía el refrán «vaca y carnero, olla de caballero».

6 «*Salpicón*, la carne [cocida, fiambre] picada y aderezada con sal, pimienta, vinagre y cebolla» (Cov.). Era manjar muy apetitoso, pero impropio de grandes señores.

7 *Duelos y quebrantos* = *huevos y torreznos*, o *la merced de Dios*. «En las casas proveídas y concertadas, de ordinario tienen provisión de tocino, y si crían sus gallinas, también hay güevos: si viene a deshora el güesped y no hay que comer, el señor de casa dice a su mujer: ¿qué daremos a cenar a nuestro güesped, que no tenemos qué?, y aflígese mucho. La mujer le responde: callad marido, que no faltará *la merced de Dios*, y va al gallinero, y trae sus güevos, y corta una lonja de tocino, y fríelo con los güevos, y dale a cenar una buena tortilla, con que se satisface: y de allí quedó llamar a los *güevos y torreznos, la merced de Dios*» (Cov., v. *güevo*); cf. II, 50 y 59.

La abstinencia del *sábado*, que según parece venía de un voto hecho con jas [1] los viernes, algún palomino de añadidura los domingos consumían las tres partes [2] de su hacienda. El resto della concluían sayo de velarte [3], calzas [4] de velludo [5] para las fiestas, con sus pantuflos [6] de lo mesmo, y los días de entre semana se honraba con su vellorí [7] de lo más fino. Tenía en su casa una ama que pasaba de los cuarenta, y una sobrina que no llegaba a los veinte, y un mozo de campo y plaza [8], que así ensillaba el rocín como tomaba la podadera. Frisaba la edad de nuestro hidalgo con los cincuenta años: era de complexión recia, seco de carnes, enjuto de rostro, gran madrugador y amigo de la caza. Quieren decir [9] que tenía el sobrenombre de Quijada, o Quesada, que en esto hay alguna diferencia en los autores que deste caso escriben; aunque por conjeturas verosímiles se deja entender que se llamaba Quejana. Pero esto importa poco a nuestro cuento: basta que en la narración dél no se salga un punto de la verdad.

---

motivo de la victoria de las Navas, estaba ya notablemente mitigada en el siglo XVI, de suerte que en muchos lugares podían comer libremente cabezas de animales, asaduras, tripas, pies, y aun el gordo del tocino, pero no perniles y jamones. Benedicto XIV suprimió en 1745 la abstinencia sabatina para Castilla, León e Indias.

[1] Antaño se tenían las lentejas, como lo prueba R. Marín, como comida mala, que trae dolor de cabeza y sueños desvariados, y turba mucho el ingenio.

[2] *Las dos partes, las tres partes...* significa «las dos *terceras* partes, las tres *cuartas* partes»; es decir, que se sobrentiende siempre un partitivo o denominador con una unidad más que el numerador.

[3] «*Velarte*, especie de paño fino, y estimado antes que se usasen los límistes y venticuatrenos de Segovia» (Cov.). Era de color negro o azul.

[4] Las *calzas* cubrían los muslos y las piernas, de modo que servían de pantalones. Pero había *calzas enteras* o *calzas* a secas, y *medias calzas* o *medias* (como nuestras medias). Las *enteras* se llamaban también *atacadas*, porque *atacar* según Covarrubias es «atar las calzas al jubón con las agujetas [«*agujeta*, la cinta que tiene dos cabos de metal» Cov.]. El contrario es *desatacar*».

[5] *Velludo* = felpa o terciopelo.

[6] «*Pantuflo*, calzado de gente anciana, de dos corchos o más» (Cov.). Tanto los pantuflos (calzado de hombre) como los chapines (calzado de mujer) se ponían sobre los zapatos.

[7] *Vellorí* = paño entrefino de color pardo ceniciento, o de lana sin teñir, pero de calidad inferior a la del velarte.

[8] No se menciona más a este mozo, destinado tal vez al empleo de escudero que luego se confió a Sancho Panza.

[9] *Quieren decir* está por *sostienen, pretenden*. Cervantes vuelve a emplear esta perífrasis con la misma significación en I, 16 y II, 19.